近现代书信丛刊

001

浙江古籍出版社

近现代书信丛刊 001

朱铎民师友书札

谢作拳 编

图书在版编目(CIP)数据

朱铎民师友书札 / 谢作拳编 . -- 杭州 : 浙江古籍出版社，2020.1

（近现代书信丛刊）

ISBN 978-7-5540-1566-7

Ⅰ.①朱… Ⅱ.①谢… Ⅲ.①书信集—中国—现代 Ⅳ.①I266.5

中国版本图书馆CIP数据核字（2019）第131840号

朱铎民师友书札

谢作拳　编

出版发行　浙江古籍出版社

（杭州市体育场路347号　邮编：310006）

网　　址　www.zjguji.com

责任编辑　沈宗宇

整体装帧　刘　欣

责任校对　吴颖胤

责任印务　楼浩凯

照　　排　浙江时代出版服务有限公司

印　　刷　浙江新华印刷技术有限公司

开　　本　710 mm × 1000 mm　1/16

印　　张　16.25

彩　　插　4

字　　数　240千字

版　　次　2020年1月第1版

印　　次　2020年1月第1次印刷

书　　号　ISBN 978-7-5540-1566-7

定　　价　60.00元

晚年朱铎民

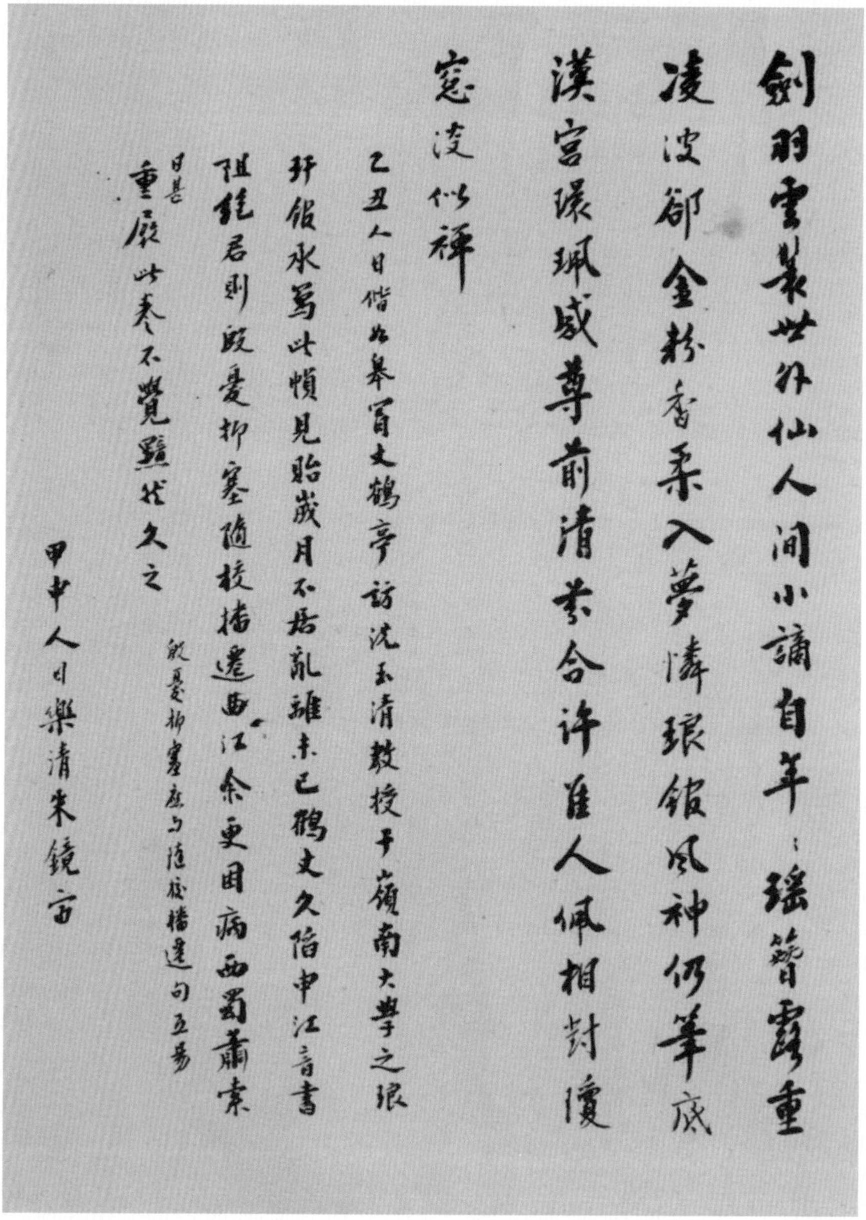
劍羽雲裳世外仙人間小謫自年年瑤簪霞重
淩波鄰金粉香柔入夢憐琅館風神仍筆底
漢宮環珮感尊前清芬合許旁人佩相對懷
寇淩似禪

乙丑人日偕女琴冒文鶴亭訪沈玉清教授于嶺南大學之琅
玕館承寫此幀見貽歲月不居亂離未已鶴丈久陷申江音書
阻絕君則既憂抑塞隨校播遷西江余更困病西蜀蕭索
日甚重展此卷不覺黯然久之

既憂抑塞應與隨校播遷句互易

甲申人日樂清朱鏡宙

朱铎民手迹

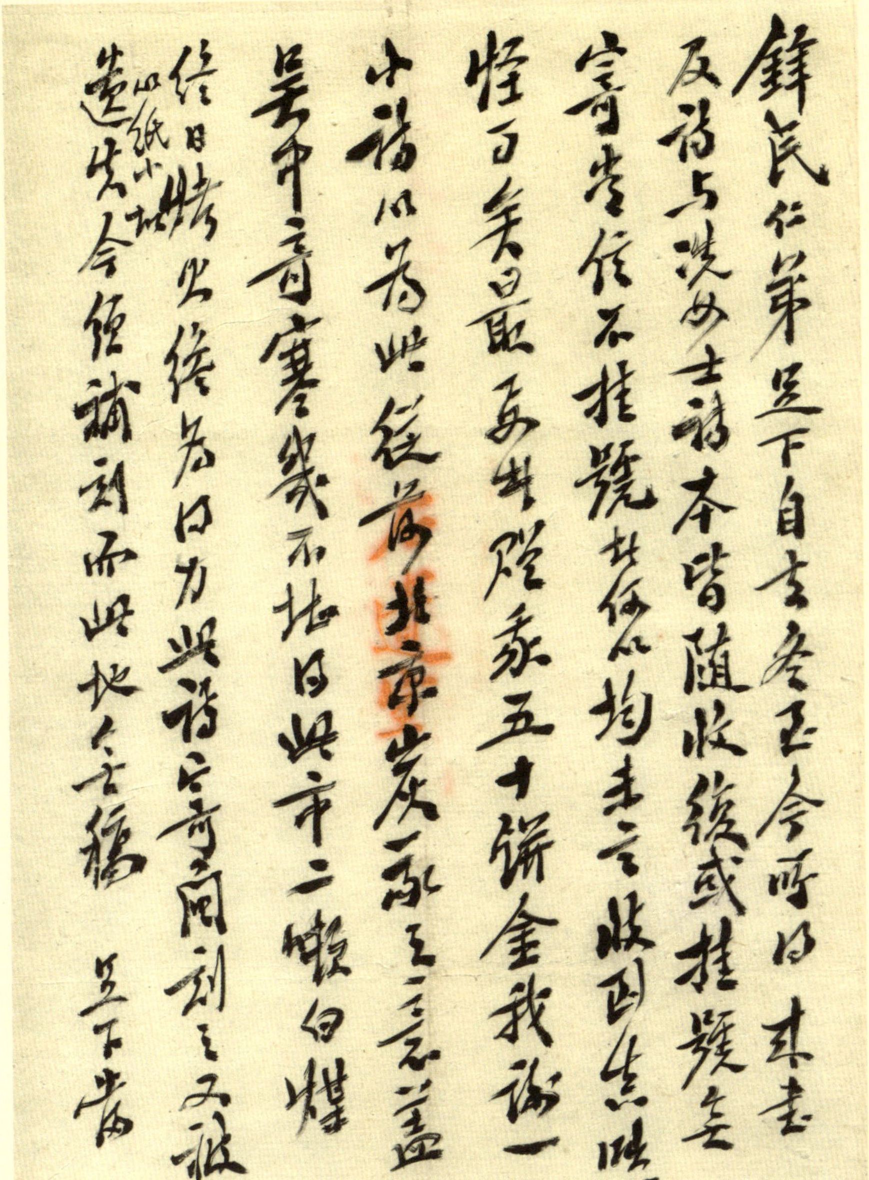

陈衍致朱铎民函手迹（一）

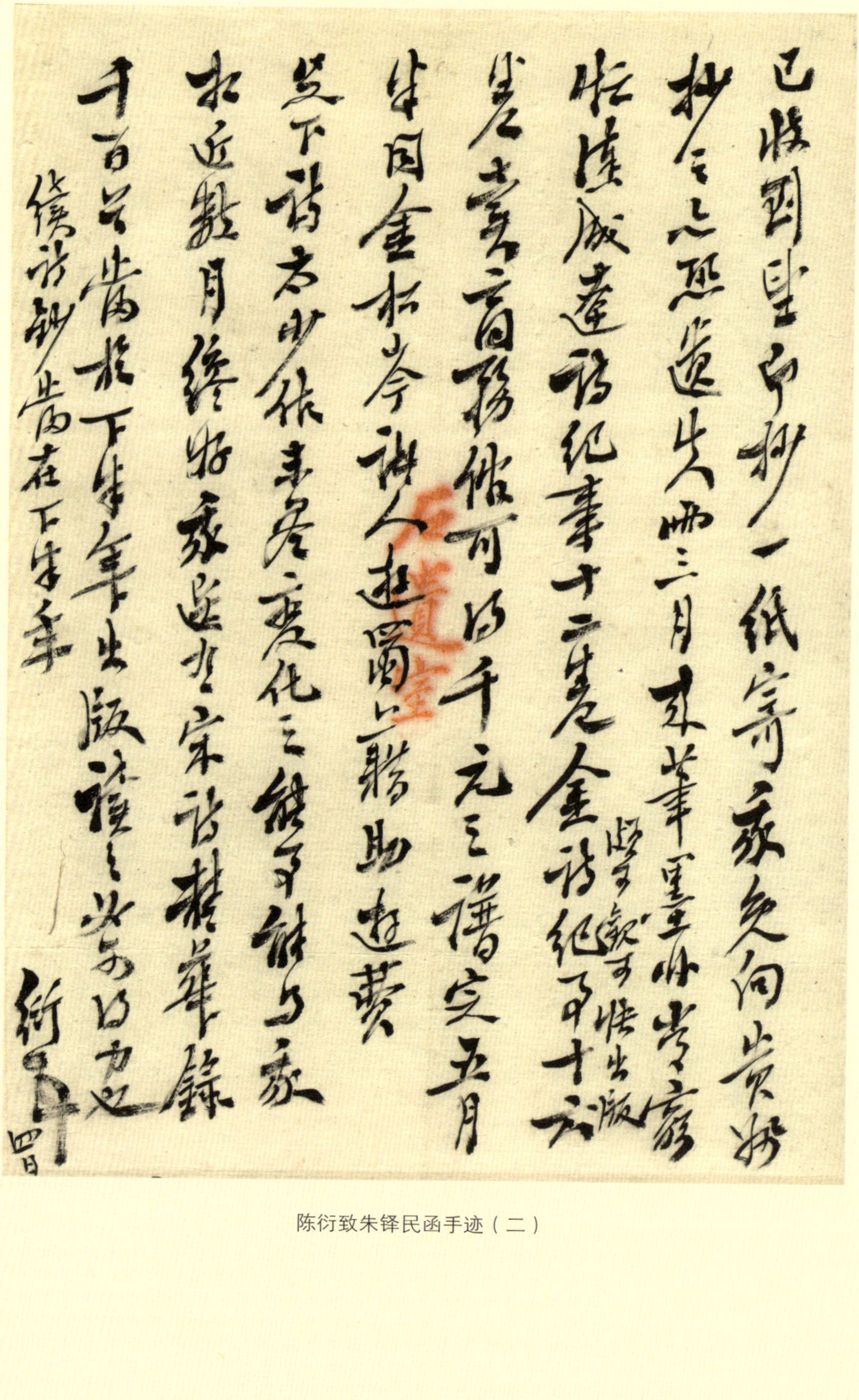

已收到尊印抄一纸寄家兄问贵姓
抄之又恐遗失[illegible]两三月来笔墨外尚有
[illegible]成辽诗纪事十二卷金诗纪事十六
卷[illegible]可以千元之谱定五月
[illegible]因金松岑诗人赴[illegible]助[illegible]费
足下诗[illegible]
[illegible]宋诗精华录
千百[illegible]在下半年出版[illegible]
续诗钞[illegible]尚在下半年
衍[illegible]
四日

陈衍致朱铎民函手迹（二）

前　言

朱镜宙（1889—1985），字铎民，晚号雁荡白衣，又号雁荡老人，浙江乐清人。章太炎三女婿。清光绪末年就读于乐清师范讲习所，深得诗人朱鹏赞赏。宣统二年（1910），以朱衣德之名考入官立浙江高等巡警学堂。次年武昌起义爆发后，钮永建在上海组织学生军，朱镜宙在杭州联络同学响应，并撰写宣言，送《全浙公报》发表，传诵一时。杭州学生报名参加者逾千人，朱镜宙谒浙江都督汤寿潜请其点收，汤督允其请，朱镜宙亦入新军八十二标从军，任第三队司书。1912 年 3 月，巡警学堂并入浙江公立法政专门学校，朱镜宙退伍复学，并开始从事新闻工作：先在杭州主办《天钟报》，撰文报国，洋洋千言。1913 年“二次革命”失败后，报馆被封，他避居温州，出任温州《天声报》主笔，因鼓吹革命，报馆又被封，且入狱一星期。1915 年，朱镜宙到上海与张季鸾、曾通一等办《民信报》，反对袁世凯称帝，在 1916 年袁世凯死后，前往北京任《民苏报》编辑。1917 年辞职南下，任广州军政府参议，获识大元帅府秘书长章太炎。1919 年去新加坡，任《国民日报》总编，在新加坡半年余，呼吁华侨团结互助，筹建中华会馆，遭英政府嫉视，被迫解职。朱镜宙辞职后游马来群岛，考察实业、矿产及华侨教育。1919 年秋，返回温州，以考察所得，撰成《南洋群岛——英属之部》一书，介绍马来群岛的民情、风俗、气候、地理、物产、交通、贸易、教育等。浙江都督卢永祥助其印行，1920 年由上海泰东书局发售。北京政府大总统徐世昌见此书，约朱镜宙入京一晤，咨问南洋华侨情形甚详，询及今后工作计划，朱镜宙答拟赴菲律宾等地考察，以加强国人对南洋的认识。徐大总统勉其为国努力，并嘱其秘书长吴笈孙，致赠朱镜宙旅费三千元以壮行色。后朱镜宙在上海工作期间，对《南洋群岛——英属之部》一书重新编订，增补资料，"以'南洋'二字，非世界地理学家所公认"，而改名为"英属马来半岛"，于1932年4月由上海大东书局重印。此后又多次重版。此书是最早关注南洋华侨群体的专著，因此朱镜宙也被称为我国研究近代南洋华侨史的第一人。

1919年，少年中国学会在北京成立，因朱镜宙与发起人王光祈友善，亦加入为会员。朱镜宙离京前，经黄溯初先生推介与中国银行张公权，被聘为中国银行经济研究室南洋经济特派员，自此结束新闻生涯，改行做金融财税工作。朱镜宙在中国近现代报刊史上虽不是最重要的人物，但他在报纸上鼓吹革命、反对袁世凯复辟帝制，这种敢于针砭时弊、力争言论自由的精神，也在我国报刊史上留下属于他的痕迹。

1921年秋末，朱镜宙再下南洋，适值太平洋会议召开，第一次世界大战的战胜国为了重新瓜分远东和太平洋地区的殖民地和势力范围，在华盛顿召开会议，有美、英、法、意、日、比、荷、葡和中国北京政府的代表团参加。朱镜宙就报纸逐日所记，整理成《太平洋会议面面观》，介绍太平洋会议、各国形势及态度等。

不久，他奉张公权电召回国，出任中国银行福建分行副行长，赴厦门就职，开始其金融财经工作的历程，这一做几近二十年。1924年3月，朱镜宙与章太炎三女章㠿在上海结婚。婚后偕赴厦门定居。朱镜宙除任职中国银行外，还兼任厦门大学教授，与鲁迅有所交往。

1926年，朱镜宙应北伐军总司令部军需处长徐桴（圣禅）之邀，出任军需处副处长。1928年任二十六军经理处处长。1929年徐桴出任上海市财政局长，邀朱镜宙任财政局秘书，由其筹备上海市银行，兼任南市分行经理，代理市库业务。

1933年，前革命军总司令部参谋长朱绍良出任甘肃省主席，邀朱镜宙任甘肃省政府委员兼财政厅厅长。朱镜宙在甘省三年，废除拨款制度，使各机关始有预算决算，款有定数，不再任意取之于民；改屯为民，将长期以来屯田耕户所交赋税份额大于民田的现状一扫而尽；整理苛杂，豁免茶商税，深得民心。给甘肃社会的发展带来生机，是甘肃财政近代化发展史上一位不可多得的人才。[1]1936年4月，朱绍良辞省主席职，由东北系将领于学忠继任。朱镜宙赴京谒蒋介石，辞职离甘，途经西安，陕西省主席邵力子力挽其任陕西财政厅厅长，到任月余，西安事变发生，事变结束后，朱镜宙辞职离陕。

1937年冬，他奉命入蜀任财政部川康区税务局局长，任职三年，两度深入川康腹地，巡视榷务，为抗战筹集资金做出了贡献，税收初为每月30万元，至他卸任时增加一倍以上，而税局支出较前任每月减少5000余元。1940年他因病辞职。朱镜宙长期在金融财经领域工作，辗转多地，所任职的既有经济富庶的江苏、上海、福建等省市，也有贫穷落后的甘肃、陕西、四川等地，多年的业务实践使他逐渐形成了自己独有的财经思想，他精深的专业素养和敬业的工作态度得到了其所服务单位的充分肯定，取得了良好的业绩。[2]

朱镜宙原先信奉耶稣，1939年太虚大师赠送其一部《金刚经·心经》合刊，把他引上了皈依佛门之路，之后他在广东南华山随侍虚云老和尚。1949年朱镜宙去台湾后，专心佛法研究，与李子宽居士、大醒法师等发起成立台湾印经处，印佛教经论以供流通，并与屈映光、赵恒惕、钟伯毅等发起修订《中华大藏经》，对台湾佛教贡献至巨。

综观朱镜宙一生，经历丰富，从事过报业、金融银行业，参加过北伐，当过财政厅厅长、税务局局长；交游广泛，与章门弟子、辛亥志士、报界人士、南社成员、少年中国会成员、财经金融人士、佛教界先贤后进的关系密切；游历过众多地方，在杭州、北京、广州、上海、厦门、兰州、西安等地学习工作过，有学者称其为“名

---

1 尚季芳：《惠政在陇：朱镜宙与甘肃经济建设刍议》，《朱镜宙诞辰125周年学术研讨会论文集》，钱宗主编，线装书局，2015年。

2 周秋光、向常水：《朱镜宙财经活动评述》，《朱镜宙诞辰125周年学术研讨会论文集》，钱宗主编，线装书局，2015年。

声并不显赫但广种善根的人”[1]。

此次整理的朱铎民师友书札，以温州博物馆藏品为主（朱氏去台湾前捐赠给温州市籀园图书馆，后成为温州博物馆藏品），另得其侄孙朱有发提供若干朱氏本人及其师友的手札图片，洋洋洒洒，蔚为大观，本书择要收录。因为内容丰富、所涉人数众多、书写风格迥异，整理颇为不易。信件以作者的姓氏音序编次，以便读者检索。信件中残缺以及难以辨认的文字，以□代替。

这批书札涉及民国名人的数量之多、层次之高，极为罕见，故文献价值很高。有谭延闿、吴敬恒、许世英、于右任、邵力子、谭人凤、章士钊、沈钧儒、戴季陶、黄炎培、黄郛等政界要员，也有章炳麟、蔡元培、张元济、胡适、李植、黄侃、朱希祖、余绍宋、赵熙、马一浮、马寅初、马叙伦、陈衍等教育文化界名流。

蔡元培的书札写作时间跨度从1920年至1931年，内容丰富，涉及《英属南洋华侨教育调查表》情况、政治与教育之事、《南洋群岛——英属之部》题签等事。章炳麟的书札有与朱铎民讨论婚期、彩礼、办宴席等事的内容，涉及章炳麟为瑞安姚琮父撰写《姚氏家庙记》，为友人谋职及修改朱铎民诗作等事宜。张元济的书札主要是介绍《百衲本二十四史》的出版情况，包括薛氏《旧五代史》的寻访、“眉山七史”版本情况，日寇对商务印书馆轰炸所造成的损失等。陈衍的书札共30通，提及朱镜宙的诗作入编《石遗室诗话》等事。朱希祖的书札涉及章太炎的几位弟子如何在战火纷飞的年代保存和出版章太炎手稿及撰写《朱氏宗谱序》及其家族源流考的文章等内容。

中国第二历史档案馆副馆长曹必宏指出：“朱镜宙先生一生，在新闻、文学、财经、佛学诸方面都有较高的成就，同时他是章太炎先生的女婿，为其学术传承人之一，其思想内容非常丰富，是中华传统文化的重要组成部分。加强对朱镜宙先生的研究，不仅具有学术价值，而且对弘扬中华文化传统，促进海峡两岸的文

1　陈漱渝：《“自托闲云一笑还”——朱镜宙其人及其精神》，《朱镜宙诞辰125周年学术研讨会论文集》，钱宗主编，线装书局，2015年。

化交流，加强乐清民国人物的研究，都具有非常重要的现实意义。”[1]

此书由卢礼阳先生牵线，得以列入浙江古籍出版社“近现代书信丛刊”，沈宗宇编辑为此书的顺利出版付出了辛勤劳动，另得朱有发先生提供朱铎民往来书札的图片，使此书内容更加充实，在此一并表示感谢。由于编者的能力有限，书中难免有差错，敬请方家正之。

今年适逢朱铎民先生130周年诞辰，以兹纪念。

谢作拳

2019年4月于温州博物馆

---

1 曹必宏：《在朱镜宙先生学术研讨会上的学术总结讲话》，《朱镜宙诞辰125周年学术研讨会论文集》，钱宗主编，线装书局，2015年。

目录

朱镜宙书札：

一、蔡元培　4通

蔡元培（1868—1940），字鹤卿，号孑民，绍兴人。1892年进士，任翰林院庶吉士、编修。后提倡新学，参与创办“爱国学社”，1904年组织光复会，1905年参加同盟会。1907年赴德留学。武昌起义后回国，1912年任民国政府教育总长，1917年起出任北京大学校长，主张“思想自由，兼容并包”。

1

铎民先生大鉴：

别来许久，小儿无忌[1]归，为言过南洋得见先生，备承照拂，正深感荷！顷奉惠书，知将由广州暂回珂里[2]，为第二次旅行之准备，热诚毅力，不胜佩服！

承示《英属南洋华侨教育调查表》[3]，详明得未曾有，不惟遵命以原表存北

1　蔡无忌（1898—1980），蔡元培次子。早岁赴法国留学，1924年毕业回国，历任浙江省立农业专门学校校长、中央大学农学院院长兼畜牧门副教授。1929年起，任国民政府农矿部技正、上海兽医专科学校校长等。1932年后，历任上海商品检验局局长、农林部中央畜牧实验所所长等职。

2　1919年秋，朱镜宙回到家乡乐清，以在南洋考察的经历，撰写《南洋群岛——英属之部》。

3　1918年底，朱镜宙到新加坡任《国民日报》总编辑后，对南洋华侨的教育情况非常关注，对各校做了普遍深入的调查，撰成《英属南洋华侨教育调查表》，并寄给蔡元培。蔡元培将其刊于《北大日刊》。

大图书馆，藉供众览，并抄出载诸《北大日刊》[1]，以广传布，想为先生所许也。南洋关系重要，诚如来示。北大自去年起特为华侨子弟之中学毕业者开一预科旁听之例，亦甚愿彼中觉悟之人日益增进耳！

梦麟兄[2]到校后勇猛精进，裨益非浅，尊函及表已送阅矣。

小儿无忌于本年二月十四日又自沪赴法，拟再进兽医学校[3]肄业四年，约计行期当早已抵法，惟到法后之函尚未到，故尚不能知其住址，承注，代为谢谢，于通信时当告之。敬复。并请

著安

弟蔡元培敬启，五月十四日（1920年）

2

铎民先生大鉴：

奉十七日惠函并预备发布之函稿敬悉。弟等因在教育界深受政治不良之影响，故有不能不容喙于政治之觉悟，然自身仍从教育进行也。弟信教育终能救国救世，惟在恶政府[4]之下效率减少、进行较缓耳！

先生由别方面以台湾前后实况证明政治之不可不良，足相成也。先生所谓应注意两点：一、主张向恶政府奋斗，认为纯系一国国民之责任，非欲藉

---

1 《北大日刊》，全称“北京大学日刊”，创刊于1917年11月16日，主要发布学校的规章法令、校内各学科的科目设置、演讲预告和集会通知等。从1918年2月9日第68期起，开始由记事公报向学术拓展，开辟了《文艺》《杂录》两个专栏。共发行了2885期。1932年9月17日，改为《北京大学周刊》。

2 指蒋梦麟（1886—1964），原名梦熊，字兆贤，号孟邻，浙江余姚人。1917年获得哥伦比亚大学哲学及教育学博士学位。1923年任北京大学代理校长，1930年出任北京大学校长。还曾担任过国民政府教育部部长、行政院秘书长等职。

3 指法国国立阿尔福兽医学校。

4 指徐世昌政府。

政府为生活之谓。二、同时不可忘"向民间去"之名言。弟均绝对赞成。省自治一条，不可不作为共同之目标，弟亦云然。率复。敬祝

著祺

弟蔡元培敬启，七月廿五日（1920年）

3

铎民先生大鉴：

久别奉惠书，敬谂起居康胜为慰。承赐寄《太平洋会议面面观》[1]大著二十册，谢谢！除弟自留一册外，已分贻北京大学各阅览所及北京民国大学，以广传布。

又前承赐《南洋群岛——英属之部》[2]二部，除一部于到法时转给无忌外，别一部弟已拜领，谢谢！承属题词，因弟现尚在医院，未能往家中检出原书，恐一时无以报命，如再版在即，请勿候。小儿无忌住址如左：

Mr Tsai Vongi,

3 bis avenue du chateau

Alfort feine France

附闻。并请

祈安

弟蔡元培敬启，一月十七日（1922年）

1　第一次世界大战后，美、英、日等战胜国于1921年11月12日至1922年2月6日在华盛顿召开会议，称太平洋会议。1921年秋末，朱镜宙下南洋，适值太平洋会议召开，因就报纸逐日所记，写成《太平洋会议面面观》，主要介绍会议实况、各国形势及态度等。

2《南洋群岛——英属之部》，为朱镜宙在马来群岛游历之时，所搜集的各地民情、风俗、气候、地理、物产、交通、贸易、教育等资料的整理汇编，于1920年11月由商务印书馆印刷，上海泰东书局代售。

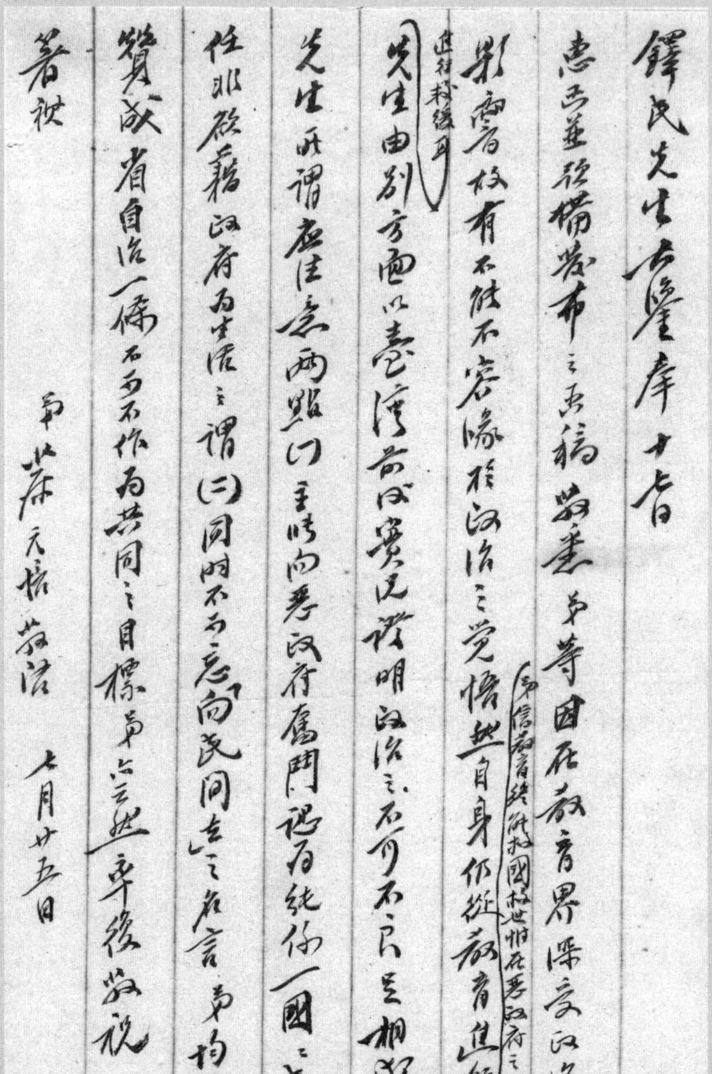
铎民先生大鉴奉十日
惠函并拟备发布之函稿敬悉弟等因在教育界深受政治不良之
影响故有不能不容喙于政治之觉悟然自身仍从教育进行也（弟信教育终能救国救世惟在恶政府之下效率减少）
先生由别方面以台湾当日实况证明政治之不可不良足相成也（[illegible]）
先生所谓应注意两点（一）主张向恶政府奋斗认为纯系一国之民之责
任非欲藉政府为生活之谓（二）同时不可忘向民间去之名言弟均绝对
赞成省自治一条不可不作为共同之目标弟亦云然专复敬祝
著祺 弟蔡元培敬启 七月廿五日

蔡元培1920年7月25日函手迹

4

铎民先生大鉴：

承示大著《英属马来群岛》三册，纲举目张，发人深省，真有用之书。承命作序，实苦无暇，且自序极详赡，无可补充，只好藏拙，擅题封面[1]，藉以塞责，诸希鉴谅为幸。专此。并祝

著安

弟蔡元培敬启，十一月廿七日（1931年）

1　题写内容为“朱镜宙著英属马来半岛蔡元培题”，钤“孑民”朱方。

二、曹经沅　1通

曹经沅（1891—1946），原字宝融，后字纕蘅，四川绵竹人。己酉（1909）科拔贡，任礼部主事。1925年任临时执政府秘书。1927年任内务部参事。1932年任安徽省政府秘书长。1933年任国民政府军事委员会委员长。1934年任行政院参事。1935年任贵州省政府委员兼民政厅厅长。1942年任立法院常务委员。后主持国民大会代表联谊会，并主编《国大周刊》。著《借槐庐诗集》等。

1

铎民道长兄惠鉴：

久未修候，以闻涤群云，兄已被命于役陇秦，短期尚难返此，道远鸿稀，遂稽裁报，然此心无时不念也。顷得月之十一日报示，慰悉一一。骁征劳剧，诸希节摄。《咏莪堂题词》惺老处当再代催，颂云处拟俟兄将原启交到再为代索，印件能检寄二三纸否？弟近日吟思极蹇，会务较冗，亦为其近因之一，但旧历年内必当有以报命。

弟比以常川主持会事，偶尔到城，率匆匆即返，未审吟从年内能否返渝？万祈时惠教行，以释驰念。此后是否仍驻自井，抑或任务未毕，更须出游，诸乞示及。

宏原事承兄推爱，感不去怀，前以款绌未能立兑，电兄作罢，当荷曲谅。弟年来亦感此事之拙，未审原议能否由弟履行，此事以兄有主持统筹之权，故比之投赀他处较为安心也。附此奉布。即颂

定安

弟经沅顿首，一月十六午

三、陈衍 24通

陈衍（1856—1937），字叔伊，号石遗，福建侯官（今福州市）人。光绪八年（1882）举人。后应湖广总督张之洞邀往武昌，任官报局总编纂。后任学部主事、京师大学堂教习。1916 年在厦门大学任教，同年出任《福建通志》总纂。著有《石遗室丛书》《石遗室诗话》等。

1

铎民我兄左右：

昨日不来为怅！鄙人向不轻易荐人，徒以财厅方开除一大批秘书，而舍侄孙戣充旧国务院秘书十余年，实是好手，堪以承乏。见足下有难色，何敢强人所难，得便仍望过谈。此颂

刻安

衍顿首，十二

2

铎民仁兄左右：

一昨畅谈为快，俗冗尚未报谒，明日（星期日）六钟敝寓便酌，敢屈枉过一醉，坐有舜卿，届时望与同来，千万勿却。即颂

旅祉

衍顿首约

3

铎民仁兄左右：

惠我章氏书，至喜！俗冗久未道谢为歉。鄙人暂不到厦，未得把晤，泰山[1]处当以拙刻寄正，便中为提及。今年拟到沪，一时手边事忙，尚未能遽决。匆复。即颂

春祺

衍顿首，元宵后五日

4

铎民仁兄左右：

得书，使我感念畴昔与令岳交情。仆识太炎先生学问最早，尝致书称道之于孙仲容先生，敢自谓为太炎第一知己。光复后似匆匆见过一度，今亦记不真矣。年来顽钝懒散，于朋友不能先施。近始得卒读《章氏丛书》（五大册），以为古今学人罕与伦比，益信往日两眼之不花。乞为我致书太炎先生转丐一部，以续《訄书》之赠。仆亦有拙刻百余卷，亦当寄正也。不知太炎住处，故敢烦代达。仆住福州南三官堂，通信必到。委写二件，草草报命，一即书怀太炎诗，但书法臆造，殊不佳耳。缕布。即颂

起居。仆后日归去矣。

衍顿首

1 指章太炎，朱铎民先生乃章太炎三女婿。

5

铎民仁弟足下：

闻变[1]骇绝，三寄快信（并书二种）不得报，今得电，至慰！何日安稳到沪？变事始末，甚欲闻之。写信费事，最好能来苏一饮压惊酒，并快谈也。顺颂

安吉

衍顿首，元旦（1937年）

6

铎民足下：

游粤东西四十余日，得诗四十余首，旋里得书为慰。尚恨在沪不获一晤也。所问“曲赦”“大赦”实有可疑，手边无书藏，不出且无暇查书，到苏再说。刻各处力事搜括，甘省独能豁免许多，可谓景星庆云矣。现正编刻八年来诗，为六卷，年底可成，当寄上。即颂

勋祉

衍顿首（1935年）

7

铎民仁弟足下：

回来数日，得书甚喜。诗境殊佳，尤可喜。寄还再抄寄我，以待入选。惟又远宦，难得常聚为不快耳。明春能来否？

衍，廿三

1　指西安事变。

8

铎民仁弟足下：

明日午后二钟快车到沪，住亚洲，务望届时来取诗本，切切勿迟。或在寓专候我亦可，万一不遇，拍电话问拔可必知之。

衍顿首，廿五夜复

9

铎民仁弟如晤：

纸久裁便，两次请足下将鄙人旧赠第三首诗抄来（望即钞寄，便可写赠），迄未得回音。又前由福州直寄上《石遗室诗文集》十册，到底收到未，亦乞示知。即颂

喜祺

衍顿首

商务馆可恶，诗钞要用洋装，须全部选完，方能开印，耽搁工夫矣。

10

铎民仁弟足下：

得书方知游粤，近行藏如何，鄙人忙不看报，全无所知，望特以告我也。嘱些屏索，奈墨已磨，而最后一诗又觅不出稿，望即录寄即写。

又，许公武[1]是名乎，是字乎？何处人？均不知。亦望即详示。足下诗可选者不少，而时有小毛病，须为修饰，行即付印矣。

衍顿首，卅

11

铎民足下：

知足下往南京，再访又不遇，交上送足下序一篇，赠汪、王二君诗两帧，烦带交。鄙人昼寓极司非而路沈昆山[2]处，夜宿海格路李拔可处，尚需两三日才得行也。

衍顿首

12

铎民仁弟足下：

寄来诗均选入《诗话》，今年贱辰[3]，恐挚交及门人送礼送文字，劳神伤财，归于无用。门人叶长青[4]因发起出单，请随意捐些刻费，化无用为有用，曾商

---

1 指许崇灏（1882—1959），字晴江，号公武，广东番禺（今广州）人。辛亥革命元老。1928 年至 1941 年任考试院秘书长。中华人民共和国成立后，历任上海市文史馆馆员、市参事室参事、市政协委员、民革中央团结委员。著《大隐庐诗草》《青海志略》等。

2 即沈昆三（1889—1955），字成式，福建福州人。沈葆桢孙，瑜庆子。民国初年在北京大学讲授工程课目，后任北京市政府工务局总工程师。

3 1935 年夏历四月八日，陈衍八十大寿。

4 叶长青，原名俊生，字长卿，福建闽县人。在厦门大学就读期间，协助陈衍主讲文字学。历任厦门大学国文系助教、金陵大学国文系教授、无锡国学专修学校教授。

诸鄙人。鄙人以为及门诸君恐未肯默尔而息，因亦听之，出名之人，亦有道远不及通知，经鄙人认可，惟为数不必求多，强人所难，此为最要。

《诗话》下册，以来者源源，皆有交情，不便峻拒，致需时日，然春尽前必出版矣。令岳送我寿联极好，系“仲弓道广扶衰汉，伯玉诗高起盛唐”，已写来。端阳节边当游罗浮，为东道主也。即颂

勋祉

衍顿首（1935年）

13

铎民仁弟如晤：

扁额先书奉寄，大小两纸任择之。系以诗不容易，亦只有自系之理，无令人代系者，某□诗尚未觅出（才觅出一序），案头积稿积函如积薪如山，一转瞬即觅不出，稍缓又觅出矣。深悔不应续编《诗话》，致来者源源不断，如此将无了期矣，奈何！鄙人刻著作向不太坏，亦不要太好。版本太好者，其中不足借外力以张之，版本虽好，不能增其所作之美，太不好则亦讨厌矣。此次《诗话》乃他人代印卖钱以赠我者，我本不喜排印，卷帙太多者，不得已付他人代印之。

足下求画二绝须代改，第一首说要写千万山，第二首又说十日五日只画一山一石，自相矛盾矣。作文字如此等处须小心。汪君笃诗，当采入《诗话》所谓“可不了者”也。早来则工夫从容矣。

衍复

此书连用五“矣”字，可笑。

14

铎民仁弟足下：

得书及款，敬谢，但太费矣。《诗话》下册明日可装订出，前寄来诸诗均多入话，最后一批则来不及，以再少延则源源而来，永无出版之期。鄙人亦将作粤游，不能久待也。剑平、新令[1]大作亦已采入。沈、郑二君必有佳章，惜未之见，均助梨枣，殊觉不安，他日当有《续近代诗钞》之刻，可以多收，不比《诗话》须加议论也。即颂

撰祉

衍顿首，二日（1935年）

15

铎民仁弟足下：

自去冬至今，所得来书及诗与冼女士诗本皆随收复或挂号，无寄常信不挂号者，何以均未言收到，真咄咄怪事矣。最要者赠我五十饼金，我谢一小诗，以为此从前北京炭敬之意。盖吴中奇寒几不堪，得此市二吨白煤，终日烤火，才为得力。此诗寄闽，刻下又被遗失（以纸小故），今须补刻，而此地无稿，足下当已收到，望即抄一纸寄我，免向贵州抄之，亦恐遗失。两三月来笔墨非常穷忙，涂成《辽诗纪事》十二卷、《金诗纪事》十六卷（颇可观，可快出版），

1　剑平指汪剑平（1890—1951），名青，天水人，原籍浙江吴兴（今湖州）。诗人和书法家。1932 年邓宝珊任西安绥靖公署驻甘行署主任，请汪来兰州，任省府参议。1950 年为甘肃省政协驻会委员等。新令指王新令。

卖商务馆可得千元之谱。定五月半同金松岑[1]诸人游蜀，藉助游费。足下诗太少作，未尽变化之能事，能与我相近数月才好。我选有《宋诗精华录》千百首，当于下半年出版，读之必可得力也。

《续诗钞》当在下半年。

衍顿首，四日

16

铎民仁弟足下：

得书足见关切至情。小婿吴铁庵[2]，公事多所熟手，而肯任劳怨，向为居停所□□，足下试用之，始信吾言之不诬，必能得一臂助。秦地吾爱之过于吴中，经旱灾后，水利未开，我深知其非膏腴，薪水一节，维持固一问题，但铁庵资格不浅，太少亦名誉所关，不愿其过于小就而已，名义尤要。秦中一等科秘，旧例如何，不妨实告我。鄙人平生不强人以所难，能多自佳，否则百元以上，当可勉力得到，如何？请再以数字告我。人疲手忙，诗尚未细读，明春必入选也。

衍顿首（1936年）

外，托拔可购辽、金二《诗纪事》奉赠，颇有趣也。

黄生我知其不妥，故请酌之。

女士诗必选。

1　金松岑（1873—1947），原名懋基，又名天翮、天羽，号壮游、鹤望，江苏吴江人。光绪二十八年（1902），创办同川学堂。翌年，应蔡元培之邀赴沪参加中国教育会和爱国学社。1932年，与陈衍等组织中国国学会。1938年任上海光华大学中文系教授。著有《天放楼诗集》《天放楼文言》《孤根集》《自由血》《孽海花》（部分）等。

2　指吴铎（1892—？），字哲庵，一字师晦，别名铁庵。福州人。陈衍的女婿。工诗，善书，福州说诗社诗人。

17

铎民仁弟足下：

回苏因急复汝信，闹出大笑话，我真老悖矣。（书札太多，往往不能细看，忽略至此。）看汝信只知又长财政厅，不知其改甘肃为陕西也，故信中尚代发骚牢，不如长银行之善，若陕省则甚可喜矣。（近而千古名都，诗题甚多，稍空当来重游。）

又因汝两诗颇好，急改两三字寄还，并云须抄一过再寄我，待入《续诗钞》，乃航空去而多日不得汝复，乃疑而查，查而始知误，此信不知能由甘转陕否？诗须重抄寄我，此即再复汝留书也。

衍顿首，初二（1936年）

再，我荐一人与汝，吴铎是我女婿（吾妻只此一女），廿年前日本留学生，年才四十五，曾任过福建、湖北、安徽各盐务财政科长（秘书），极稳练可靠，（缫蘅要他去贵州，以太远不去。）我目中所罕见。又其家有钱（可作心腹），操守尤可恃，望汝以相当事用，并敢保永远用之，不必急急（为做事，不专为吃饭），要时召之。

石又

18

铎民足下：

前数日奉信及辽、金《诗纪事》，未知能收到否？事变后闻交通断绝，又闻不然。今姑寄此信，有何消息，可说则说，总望能知实在情形而已。足下一身在彼，想必无碍也。

衍顿首，十五

19

铎民仁弟：

航寄一诗计早到。散原[1]作文事，渠价直向系千元。近来文思甚艰涩，多请袁伯揆[2]（思亮）代笔，对于陈弢老[3]且然，况其他乎？伯揆有时作尚好，弢老文则太坏矣，此大危险处，至国民官职，肯书不肯书尚是第二义。惟北京渠住址，敝处全不知，苦思数日，无从打听。足下有处打听乎？

衍顿首

再，此间今年极冷，大雪已三次。鄙人又极畏寒，终日有火，不出户，暖时又多就睡，甚惮作事，事又多，一切诗文略看，不能细究细谈。弟作已拟俟将选《近代诗钞续编》时（须在春间）细讲也。今冬决不回里，明春当游蜀。明夏回里，其大概也。

衍又顿首

20

铎民足下：

汝要从我学诗，我学生满天下，太多矣，怕为师。惟以足下之交情，又出诚意，又是有诗才，而音调布署如不可不讲究，我亦何忍坚辞？惟年来太穷，笔墨生涯太多，路隔又远，航位又贵，不能多有益于足下。惟足下自酌之，我于足下无不可也。

---

1 指陈三立。

2 即袁伯夔（1879—1940），名思亮，一字伯揆，号蘉翁，室名蘉庵，湖南湘潭人。光绪举人。民国北京政府时期曾任国务院秘书、印铸局局长等。

3 指陈宝琛（1848—1935），字伯潜，号弢庵、陶庵，福建福州人。同治七年（1868）进士，历官内阁学士兼礼部侍郎、山西巡抚等职。

衍顿首，十二

另寄上《诗话》一册，尚有下册，有人要价二元。

21

铎民度支使左右：

得书及沽酒费，小诗为谢，别纸博一粲。“缓急损益”四字，理财真诠，足下能言之，有为厅人慰矣。鄙人曾为鄂省筹款五千余万，不然焉能革命？敝年谱见之否？

诗颇有数首可读者，恨无人写。适有学生为刊印《通鉴纪事本末》《周礼疑义辨证》二书，须自校一过，故手边一时极忙。二书一言理财，一言用兵也。诗文尚有数百篇，明年再印。即颂

勋祉

衍顿首，十三

22

铎民我兄左右：

惠书敬悉。鄙人来江南后，文字之债如山，万分了不了。卖钱之文尚积欠，相好命作者，一人只可报效一篇，多则力不从心矣。知我者谅之，果有空，必惟力是视也。在此用度甚大，不得不卖文卖字，售文格姑奉上一纸，有生意为我招徕。惠书可寄苏州思古桥郭宅[1]同居。

衍顿首

1　1931 年，陈衍由门人叶长青介绍，到无锡国学专修学校任教，每星期一到校讲课。陈衍任教期间，住在苏州思古桥郭宅。

23

铎民度支使左右：

台从西上，未得诣送为歉。猥劳先施尺素，并示大作，清气满纸，何向者之蔽匿不出也。贱恙就愈而穷忙困于笔墨之役，几无暇晷，致《送行诗》迟之又久而始成。书一小条幅，聊寄补壁。飞机舍“奇肱”外无佳选，第五句用唐小说《红线传》中语，似形容得出。如有南飞，极望过我。顺颂

勋祉

衍顿首

24

铎民我兄左右：

久不晤，念念。太炎先生闻有发袁一卖国确证，印刷十万张，如已有，望以一二张见示。前由梦旦[1]处托代求太炎先生书二副，系丹初、儆民两款。兹尚有一对系晓浦[2]款，特爱求写太多，请告令老丈谅之，止于此矣。（写便交梦旦或拔可[3]均可。）老丈闻已购宅此间，何时能移来，甚盼。即颂

新安

衍顿首（1935年4月19日）

鄙人已购宅此间胭脂桥毛家弄一号，如有信可寄此。

1　高梦旦（1870—1936），原名凤谦，号梦旦，福建长乐人。1901 年曾任浙江大学堂总教习，后赴日本任留学监督。1903 年应张元济之聘，任商务印书馆国文部部长。后继张元济任商务印书馆编译所所长。著有《泰西格言》等。

2　指黄履思，号晓浦，江西南城人。清附贡生。1921 年任平潭知事，纂修《平潭县志》。

3　指李宣龚。

四、陈毓华　1通

陈毓华（1884—1945），字仲恂，湖南桂阳人。王湘绮弟子。著有《石船诗存》。

铎民吾兄局长勋右：

大旆过渝，未面为怅。刻计荣莅沅局，公私佳胜，想切颂慰。

敬有恳者：现任零陵火柴合作厂驻厂员颜嗣渊，系高春如、李倜君[1]两兄介之李前局长，该员学历均优，制行廉谨，弟知之甚悉。幸隶仁幈，必邀藻鉴，务祈赐与蝉联，俾得继续努力，仰副裁成之盛，用荷大谊于无既极也。余千万为国将护，不宣。

弟陈毓华谨启，四月廿九

1　高春如指高秉坊（1890—1970），字春如，山东博山人。南京金陵大学毕业，历任国民政府工商部秘书、战地政务委员会委员、工商部总务司司长、实业部总务司司长、财政部税务司司长，1935年兼任全国经济委员会委员，1941年改任财政部税署署长，1945年因贪污罪被逮捕入狱。李倜君指李傥（1884—1965），名文生，字倜君，湖南湘潭人。早年留学日本、德国。归国后任北京大学、法政大学、朝阳大学教授，兼任北平政府法制局参事，1933年任中国银行经济研究处事务长，后任财政部主任秘书。1936年任国库司司长。1945年任财政部常务次长。

五、程中行　2通

程中行（1903—1990），字晓湘，笔名沧波，晚署沧波居士，江苏武进（今常州）人。毕业于复旦大学，留学英国。历任复旦大学教授兼新闻主任、上海《时事新报》主笔、《中央日报》社长。后去台湾。

1

铎民老哥阁下：

别来经月，阅报知文旆已返兰州，伏审起居佳胜，公私迪吉，为无量颂！前恳代求太炎先生楹联，满期于兄返甘前赐交，乃别后行踪杳如黄鹤，所求亦绝无下落，未免于财政家大信有关，尚乞千万设法赐寄，勿负初诺为祷。京中新凉，各事如恒。专布，余不一一。伏维

心照

弟程中行顿首，九月一日（1934年）

另致张九如[1]兄一函，乞为转去。

复寄梅园新村三号。

1　张九如（1895—1979），号救鲁，武进（今江苏常州）人。1927年任国民革命军总司令部参议。1932年调任兰州榷运局局长。西安事变后，任国民党中央宣传部宣传委员。1937年后历任中央执行委员会专门委员室主任、中央银行经济研究所专门委员、立法院立法委员等。

2

铎民我兄左右：

久不通音，想望曷极！顷奉赐教，备悉兴居德胜，台候万福，欣慰无已！

赐寄尊稿已即付编者，明日刊登。前承代求太炎先生法书，已于去年年底到尊府取到，至所感谢！

京中近事除外交、金融日形紧迫外，殆亦〔无〕他要事可告也。去年入冬气候极暖，京中至今未见降雪。明日入春，春夏恐须多病矣！

今日乙亥元日，京中新年气象极盛。昨夜通宵，今日全市闭门，爆竹四五年来所未有也。专此奉布，余不一一。顺颂

政安

弟中行顿首，二月四日（1935年）

六、戴传贤 3通

戴传贤（1891—1909），又名良弼，字选堂，又字季陶，笔名天仇，晚号孝园，生于四川广汉。1905 年入日本大学法科，加入同盟会，创办《民权报》。历任护法军政府法制委员会委员长、外交部次长、国民党一大中央执行委员，1926 年任中山大学校长，1928 后任国民政府考试院长。

1

镜宙先生惠鉴：

尊书敬悉，司农仰屋，中央、地方同一概况，而治理之方则首在于当事长官精白乃心，方足以弘济艰难。来书所谓“清除积弊，树厥风声”者，亦即本要之所在也。

大著《马来半岛》一书行将三版，足见风行之盛，另纸敬题片言，聊以相报，附希察存。专复。敬候

勋祺

弟戴传贤启，二月十九日

2

铎民先生惠鉴：

数年前弟在洛阳创办“中原社会教育馆”，深以为洛阳为自古花事有名之

区，而牡丹尤为称胜。晚近零落摧败，无复旧观，良可叹息！因辟地讲求栽种，用期兴复，为地方开一利源。年来当地原有各种多已采集，惟种数尚不见多，颇闻甘肃牡丹不少名种，敢恳费神代为搜求。每种以二三株为度，托便带交洛阳“中原社会教育馆”蒋文轩君收入，以资培植。所需价目若干示下，便当奉缴，琐琐专托。敬颂

勋祺

弟戴传贤启，三月二十四日

3

铎民先生惠鉴：

年来贤从事研究西北建设，关于农林教育之意见，对于中央、地方均曾有所贡献。最近将所有书面汇集一帙，题曰“关于西北农林教育之所见”[1]，编印成书。兹特寄呈四册，尚希教正为荷。专此奉布。顺候

勋绥

附书四册，另寄。

弟戴传贤敬启，十月五日

1 《关于西北农林教育之所见》，1934 年由新亚细亚学会出版，针对西北教育工作阐述了较为系统的办学思想。

七、邓隆 1通

邓隆（1884—1938），字德舆，号玉堂，又号睫巢，甘肃临夏人。光绪三十年（1904）进士，以知县分发四川任用。民国时为甘肃省议会议员。离开政界后，潜心实业。著有《壶庐诗集》《居夷集》等。

铎民厅长史席：

数次晋谒，均值公出，未领教益，歉仄无量！发还《民族大事表》已经领收，惟《西夏经释文考证》尚未收到，意因本小而漏，祈赐检出掷下，无任感荷！此颂

著安，维照不庄。

愚弟邓隆鞠躬，元月十七日

八、范鹤言 1通

范鹤言（1898—1973），字禾安，浙江宁波人。书画家、金石学家、银行家、报人，台湾《联合报》创办人。

铎民先生厅长勋右：

辱赐函并尊著，均敬收悉。甘省辅币调查详尽，为研究金融绝好材料，已交敝行经济研究处择登月报，弟于此代陈谢意。际此风物晴和，正好作山水之游，莫干山为吾浙名胜，先生此游必饱览秀色也。专此。祇颂

勋绥

弟范鹤言顿首，五月十五日

九、丰子恺 1通[1]

丰子恺（1898—1975），原名丰润，又名仁、仍，号子觊，后改为子恺，浙江桐乡人。1914年入浙江省立第一师范学校，从李叔同学习绘画和音乐。1919年毕业后，组织发起中华美育会，创《美育》杂志。1921年东渡日本，学习绘画、音乐和外语。1926年，任职于上海艺术大学。1939年任浙江大学讲师、副教授。1942年任重庆国立艺专教授兼教务主任。1952年后历任上海市文史馆馆员、上海市文联副主席、全国政协委员、上海中国画院院长等。

镜宙先生：

蜀中一别，匆匆数载。今大法轮书局转下大札，读之深为惶恐。律主不应蓄须，弟甚赞善，惟当时画像百尊，根据各种照片，有蓄须者，有无须者。前者题"弘一法师遗像"，后者遵闽僧之嘱，题"南山律宗"字样。《觉有情》所载，来示谓有须而题"南山律宗"，必是当时误题。异日刊法师全集时，当为文更正也。来示保存，异日一并刊出，以明先生对于佛法之精严，及对于弘一法师之厚爱。专此奉复。即颂

时祺

弟丰子恺叩，十一月一日

1　丰子恺致朱镜宙书札及朱镜宙致丰子恺书札据《觉有情》第8卷录入。朱有发先生提供图片。

附：朱镜宙致丰子恺

子恺先生：

蜀中握别，寒暑载赓。顷读《觉有情》第八卷十月号，先生为弘一大师造像，欢欣无量。先生前曾发心为大师造像百尊，今此所作，其权舆欤？惟间有待商榷者：佛门最重威仪，而律宗尤谨严。经云："剃除须发，是为沙门。"故沙门戒相，剃除须发，乃其先决必具条件。昔佛住世，凡有求请出家者，以佛神力，须发自落，此为后世剃度制之滥觞。《百丈清规剃度正范》云，当举刀时，维那师唱《净发偈》云："剃除须发，当愿众生，远离烦恼，究竟寂灭。唵，悉殿都，漫多啰，跋陀耶，娑婆诃。"三举三和，偈毕停刀。是吾国比丘戒相，必须剃除须发明甚。今大作所造大师像皆有须（所见二尊皆同），实非佛制，与律不合。弟世障甚深，未识大师一面，然仰止之诚，与日俱积。昔年客蜀，曾请马一浮先生为函介见，而大师遽以寂闻，引为生平第一憾事。自见《觉》刊先生造像后，特走访此间大师往来最密之周孟由[1]居士，询以大师生前究否留须。承告大师生前，虽偶有须，但因事未剃，决非有意蓄须也。周居士并言，渠于一日偶询大师同门某师，大师慨然曰："彼已蓄有长须矣！"周居士又尝见云栖大师有须像，以质印光大师，师曰："此后人所妄为，非云栖本来面目也。"净土宗且如是讲求僧相，况律宗大德，其敢方便出入耶？至吾国禅宗大德，间有蓄须者，实以生死事大，无常迅速，不暇修饰耳。若夫律宗，最讲戒相，绝不苟且从事。今先生既称大师为南山律宗第十一代律祖，而造像有须，恐非大师之意。大师生平，虽细事，必遵绳墨。曾见其致周居士代借《续

1　周孟由（1887—1958），原名奋，法名师导，自号寒香。光绪三十一年（1905）留学日本早稻田大学师范科。后皈依印光大师，热衷佛教事业，于1921年与吴璧华创办莲池海会，弘扬净土法门。

藏经》书，凡麻绳、包纸、邮票，一并附来，其不苟如是。又尝闻觉华上人云，大师住持厦门南普陀时，严冬赤足，竟致龟裂，不能步行。群弟子环请纳履，不从。即此数端，足概其余。弟深惧造像留传后世，或有误解，影响佛法前途匪浅。盖蓄须之风，已盛行吾国今日之僧界，大有积非成是之观，用谨掬诚奉商。明知大作必有所本，然非大师本意，可断言也。未审尊意以为何如？

敬颂

著安

弟朱镜宙顿首　三六、十、十九

一〇、冯飞 1通

冯飞，字若飞，四川江安人，久居常州，庄蕴宽女婿，曾任张群的私人秘书，善绘山水，墨法深厚，意境旷远郁茂，得元人王蒙笔意。

铎民先生惠鉴：

阙奉清教为念！夏序渐炎，维近履佳吉。蒙嘱绘小幅，兹已绘就，特敬附上，尚祈察收是荷。画殊不佳，幸哂存之耳。手候

近祺，不备。

弟冯飞顿首，六月卅夜

一一、郭则寿　2通

郭则寿（1883—1943），字舜卿，侯官（今福建福州）人。早年留学比利时，回国后任福州中国银行行长。著《卧虎阁诗》。

1

铎民老兄厅长大鉴：

睽教滋永，梦想为劳，惟公私曼吉，允符私颂！弟于客冬离厦后，家居无俚，拟于民生救济，上图进展，又苦力有未逮。吾兄高明，何以教之？

兹有好友刘恩澄君，河北人，因事赴甘，人地生疏，特为函介，乞于晋谒时指导一切，如蒙照料，感荷同深。专此奉托。并颂

勋绥

弟郭则寿顿首，八、六

2

铎民先生大鉴：

昨奉大教，适因冯总裁莅闽，未即裁复为歉！盐款事辱承垂注，感此事未能终始保全，犹引咎也。尊致潘训初[1]函已代投。此间实业厅长闻系陈楚楠[2]君，尚未发表。警厅陈民钟君已任事数日。弟与两君均不熟悉。

闽行移屿甚妥，福州无租界，我行即移洋行内，然既有办事，不能禁人不往，鄙意有事时非暂时停业不可。现在若即迁移，又苦无以借词，且看日内大局如何，再行定议。高明当有教之。闻厦军界对于闽行颇有种种要求。郑行长移居屿中为妥。弟才具短绌，甚恐难重任，而近来忧愤交迫，贱体亦时见不适，最好能卸仔肩，冀可置身闲散耳。此复。并颂

台安

弟则寿顿首

---

1 指潘训福（1873—1930），原名潘祖彝，又名潘伟，字训初，福建南平人。任中国同盟会中部总会财务总干事。辛亥革命爆发后，潘训福任各省都督府代表联合会福建代表，南京临时参议院、北京临时参议院议员。

2 陈楚楠（1884—1971），祖籍福建厦门，生于新加坡。1904 年与张永福合办《图南日报》，任经理，鼓吹反清革命。1906 年任中国同盟会新加坡分会会长。1917 年回国。后任孙中山大元帅府参议。1928 年后任福建省政府委员。后重返新加坡。著有《晚晴园与革命史略》。

一二、胡适　1通

胡适(1891—1962),字希疆,改名适,字适之,安徽绩溪人。早岁就读于中国公学等。1910年留学美国,1917发表《文学改良刍议》于《新青年》,新文化运动著名人物之一。历任中国公学校长、北大文学院院长等职,抗战时任国民政府驻美大使,胜利后任北大校长、中央研究院院士。

镜宙先生：

去年五月二日一别，至今不曾相见。去年听说先生的婚礼[1]，但不知如何通讯，故不曾奉贺，失礼之至，乞恕我。今早得先生的贺年片，谢谢！但因此使我想起先生去年替太炎先生和我合照的相片，不知可用否？如已成，可否请赐我一纸？匆匆，即祝

新年大吉，并补贺婚礼。

胡适敬上，十三、一、三

附：朱镜宙致胡适[2]

适之先生：

去年五月到后，嗣同先生卧病沪上，当即去函任之询问，贵寓所立旋复称，

1　1924年3月13日，朱镜宙与章玨在上海一品香旅社结婚。胡适写此信时，还未成婚。

2　录自《胡适遗稿及秘藏书信》，黄山书社1994年版。

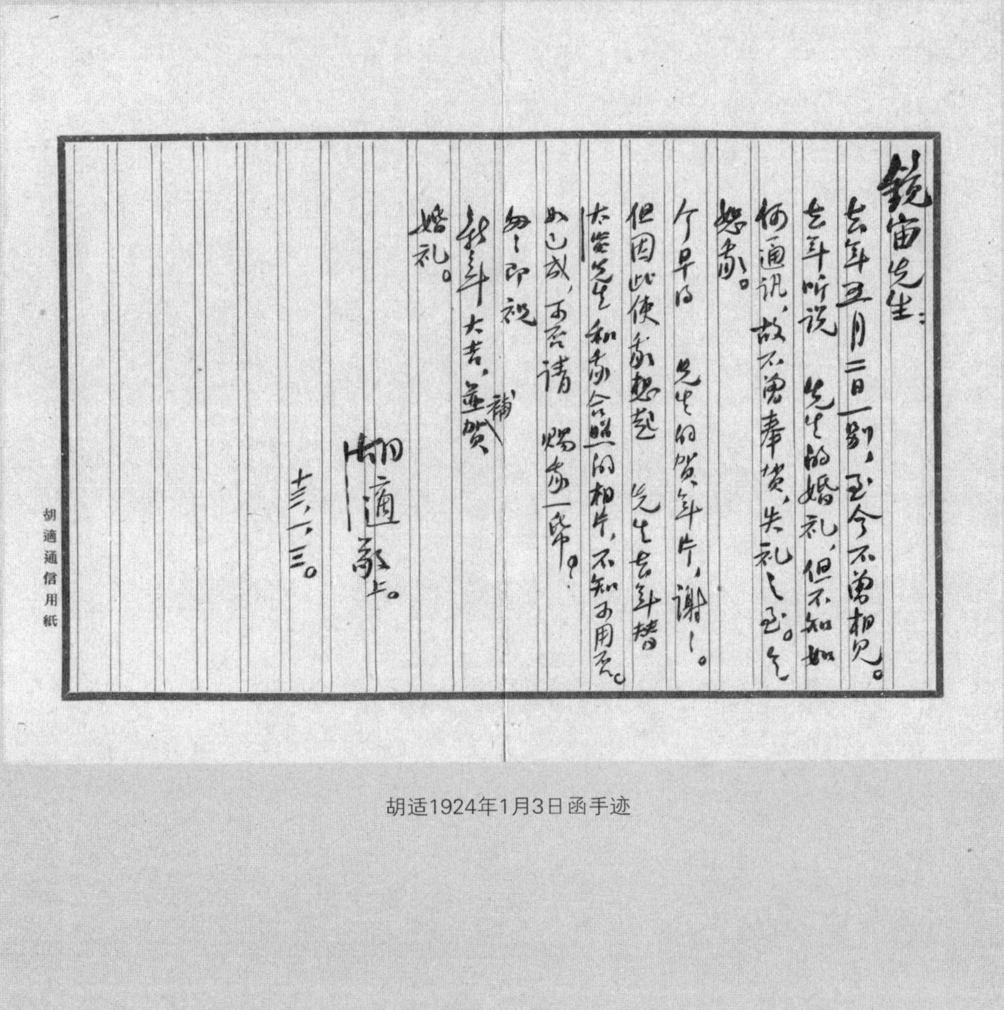

胡適通信用紙

鏡宙先生：

去年五月二日一别，至今不曾相见。去年听说先生的婚礼，但不知如何通讯，故不曾奉贺，失礼之至。乞恕我。

今早得先生的贺年片，谢谢。

但因此使我想起先生去年替太炎先生和我合照的相片，不知可用否。如已成，可否请赐我一帋？

即祝

新年大吉，并补贺婚礼。

胡適敬上。

十三，一，三。

胡适1924年1月3日函手迹

先生寄寓一西友家，正在休养，谢绝见客，嘱勿向他人道及其所在地，址又不甚明了，于是未曾走访。当得先生与家岳合摄相片一页，附函请任之转交。曩接来书，始悉尚未收到，想系任之一时事冗，贻误所致。俟觅到旧片，当即补寄。惟是日时已过晚，光线不足，将来倘有机会，当再摄一张，以留纪念。新旧两大文家，一时南北叙首，亦盛事也。举行婚礼，当有所待之年，仅订婚约而已，辱贺至深感谢。复颂

年禧

弟朱镜宙敬启，一月九日（1924年）

一三、黄郛 6通

黄郛（1880—1936），字膺白，原名绍麟，原号昭甫，别字天生，笔名以太。1904年入浙江武备学堂。次年得送日本留学，加入同盟会。1927年任上海第一任市长。1928年国民政府外交部部长。

1

铎民我兄大鉴：

顷由内政部转到上月廿九日发手教，拜悉种切！承示对于外籍银行之发行权取消建议，足征老成谋国，所见独远。日内唐有壬兄[1]或将来山，当为慨切言之。弟因贫血在山打针，静摄月余以来，颇有进步，大约下月初旬当可下山，知注附闻。顺颂

大安

弟黄郛拜启，四月十七日

1　唐有壬（1893—1935），字寿田，湖南浏阳人。唐才常之子。毕业于日本庆应大学。历任中国银行经济调查室主任、湖北省银行行长、国民政府外交部常务次长、国民党第四届中央候补执行委员、国民政府交通部次长等。

2

铎民姻兄先生大鉴：

十六日发手教奉悉，大作亦已拜读，甚佩甚佩！弟近日在山休憩，约下月初返沪。前谈之事虽尚未与谈及，然可必其一定赞同。弟亦筹有相当办法，一俟到沪再当电约详叙。先此奉覆。顺颂

大安

弟郛顿首，四、廿二

3

铎民姻兄先生大鉴：

手教奉悉，承示各节，足征爱护团体关切之深，非泛泛者可比，感谢感谢！现弟准七号下山返沪，八九号当可电约详商一切也。先此布覆，余俟面罄。顺颂

道履

弟黄郛顿首，六、三

4

铎民我兄大鉴：

《天津大公报》译登英报评论一段，与大作可资印证，特剪寄呈察阅。近日贤劳何若？殊念！此颂

撰安

弟郛顿首，八、四

5

铎民我兄大鉴：

别后时深系念，日昨奉到十五日发手教，知兄与仰先兄[1]在山养病，进步至速，无任快慰！尚祈继续静养，以竟全功，盖身体之健康，实一切事业之根基也。学会同人对于时政亦极苦心研究，而内部整顿亦渐在进行中，承询附闻。专复。顺颂

大安

弟黄郛顿首，十、廿一

6

铎民仁兄大鉴：

十六日手教并大著均经拜读，热血热言倾倒无既。前文玖兄交来《马来半岛》目录一份，嘱为作序。连日来客较多，未能缴卷，然一星期内准当设法报命，知注先闻，并乞鉴原为幸。

弟黄郛，十二、廿一

---

1 计宗型（1883—1934），字仰先，嘉兴人。留学日本时加入同盟会。1912 年 5 月，任浙江省立第二中学校长、嘉兴教育会会长，1924 年任浙江省教育厅厅长，后兼省署秘书长。1927 年起历任国民政府外交部帮办、上海市政府科长、上海同济大学秘书长等职。

一四、黄侃　3通

黄侃（1886—1935），字季刚，号量守居士。1905年留学日本早稻田大学。加入中国同盟会。1914年秋，应聘为北京大学教授。1919年后，相继执教于武昌高等师范学校、北京大学、东北大学、南京中央大学等校，前后凡22年。著有《音述》《说文略说》《尔雅略说》《集韵声类表》《文心雕龙》《日知录校记》等。

1

铎民仁世弟台电：

忽奉惠书，藉知清胜，承示尊撰《马来半岛》已付剟民，印成后，尚望赐我一编。侃近颇苦于谀颂之文，然恃此为酒食之资，即亦不能谢却。报章传播良非素怀，方与台台把晤，自当详说其委曲也。国事纷纭已极，共此扼腕叹息而已。手此，敬颂

俪祺

世小兄侃顿首，十二月十三日（1931年）

2

铎民尊兄左右：

汤泉竟日之游，略展平生怀慕之意。旌麾旋即西指，瞻送不暇，意未曾不随以度陇也。顷想兴居平善，规画可施。昔人有云，一命之士，存心于物，

于人必有所济。况足下膺一方财赋之寄乎？时事纷纭，殆未有已。弟惟正身履道，期不背师说而已。岁晚怀君，辄寄数言，如何相思，亦冀琼瑶之枉。

十二月十八日，世愚弟侃顿首（1933）

3

铎民尊世兄鉴：

杨太夫人寿文以骈散兼行之文行之，拟用篆书，期不坍兄之台，庶报介绍之惠。余俟文成复屏（一定如期，勿念），然后再详言叙阔。匆匆。敬颂

政祺

小弟侃顿首，廿五日（1934年9月）

旭初[1]属问候。康君已晤，润直已收。

---

1 指汪东，字旭初。

一五、黄群　2通

黄群（1883—1945），原名冲，字旭初，后改字溯初，浙江平阳县人。光绪二十七年（1901）赴杭州养正书塾就读。光绪三十年（1904）自费留日攻读政法。1913年初，当选首届国会众议员。后弃政从商，担任上海通易公司董事长兼总经理，曾创办瓯海医院、瓯海实业银行，出资选刊《敬乡楼丛书》等等。

1

铎民兄鉴：

别后两奉来书，均悉一切。承赐鲁公所书“勤礼碑”拓，弟与放兄[1]均未收到，想尚在途中也。陈仲恕先生[2]画扇代求矣，俟寄到即奉上。甘事诸在整顿中，贤劳加甚，谅符远念，深望顺时珍摄为要。蒋叔南兄[3]已去世，不知兄曾知之否。知系乡友，特以奉闻。此叩

道安

弟黄群顿首，十九日（1934年）

1　指刘道铿（1883—1958），字放园，福州人。冰心的表兄。著有《放园吟草》。晚年曾任北京文史馆馆员。

2　陈汉第（1874—1949），字仲恕，号伏庐，杭州人。陈豪之子。清末翰林。日本法政大学毕业，杭州求是书院（浙江大学前身）的创办人之一。辛亥革命后历任国务院秘书长、清史馆编纂、故宫博物院委员等职。

3　蒋叔南（1885—1934），名希召，别号雁荡山人，乐清人。同盟会员。保定军校出身，参加光复上海之役，曾任总统府军事谘议。后致力于雁荡山的开发经营，被誉为“中国近代第一旅行家”。1934年7月25日，独游石门潭，落水而殁。

2

铎民兄鉴：

昨寄飞机快函，想已收到。佩秋兄[1]在沪时因弟面约，不欲谢却，故有就意，乃返杭以后商诸家人，意有改动，实因其妇有病，不欲佩秋远行也。佩之来函附上，弟目下另无相当之人可以保荐，恐为佩事有劳远念，故仍以快函奉覆，此叩

道安

群顿首，廿七（1935年）

1　李洣（1884—？），字佩秋，号小山，湖南衡山人。民国初年曾代理浙江南田县知事等。有《红缥馆诗钞》等。

一六、黄炎培 5通

黄炎培（1878—1965），江苏川沙（今属上海）人，字楚南，改字韧之，又改任之，别号观我生，笔名抱一、同父。参加同盟会，辛亥革命后任江苏都督府教育司司长、教育会副会长等职。后参与组建中国民盟、民建。中华人民共和国成立后，历任中央人民政府委员、政务院副总理、全国政协副主席等职。

1

铎民先生：

生活所收援马费，此数天还不少，不能截止。至于学生捐款汇交何人，怕只得凭各方自由处置。但观今日报载市教育局、公安局通告，定有办法，当然遵照办理。石遗先生为人介绍索书已书就，今明当送尊处，请转致。复颂

公安

炎培上，廿、十一、卅

2

铎民先生：

大著致总商会函已于报端奉读，良佩。经济结合之主张，会当奋吾笔舌以从先生后。国是会议极空洞，一以时势之需要为进行方针。今日第一大正

式会看大家意见如何。一切悉取公开，先生如读报纸所披露后有所赐教，甚欢迎也。率复。手颂

道安

弟炎培上，三月十五日

3

铎民先生：

前者因事滞沪一天，致爽所约，罪甚！然实不意先生遽去宁也，隔日走恒来旅馆奉访，乃更嗒然。兹奉十六日大教，敬悉厚生才自南中回。弟廿二又须去徐州，三日即返，愿早临。手颂

道安

弟期炎培上，十八

4

铎兄惠鉴：

顷得手书，知在清恙，乃于休养中尚蒙关念职教，慨允加入，同人敢不加勉？弟两月以来已脱离《申报》，亦政海流弹所致耳。附呈一纸，乃弟近作，率复。敬颂

霍然。在小愈内尤望加意将息，千万千万！

弟炎培上，廿一、十一、十二

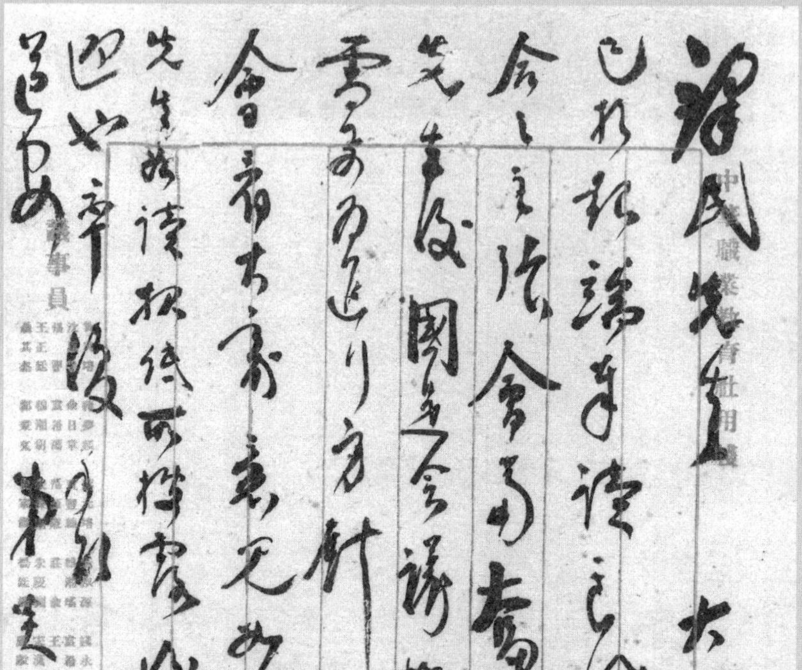

黄炎培1931年3月15日函手迹

5

铎民先生有道：

奉读廿八日手教，敬谂。受事伊始，贤劳万状，深以为念！世兄告假一节，已面为贾校长言，贾君已嘱世兄安心养病，务须养得完全康复。适逢考期，已告以相当办法云云，尚希释念。都市生活，长日忙碌万状，几无片暇得以一清脑海，他日如有新作，容邮呈教正也。复颂

公安

弟黄炎培启，廿二、十二、九

一七、嵇述庚　1通

嵇述庚，又名嵇述裕、嵇祖佑，曾任中华民国四川省警察厅厅长、民政厅厅长、成都市政委员会主任委员、和成银行董事长。

铎民先生席右：

俭电计达，弟因俗务，今年在蓉日鲜，旧历二月中旬赴渝，盘桓月余始返成都，随即转赴天彭山，中旬余大病，旋省几已不治，迄今犹不能步履。两奉华笺不复，职是故也。

读七月四日书，敬悉章珏先生拟来成都讲学，适浙蓉新增校舍，增招初、高中各一班，自须延聘教授。尊夫人如到甫澧，实不若到浙蓉有意义，且待遇亦优于一般私立中校。计高中每专任教师教课二十小时者，月米壹双市石、法币八百元；初中八斗、法币六百圆，外供膳宿及眷属住宅。不及廿小时者，按上定标准折算。英文能切实改卷，可照中文款（不改不逞）定每卷五元。惟中、英、数教师须监督学生自习及批阅作业簿，以备学生请益之关系，必须住校（眷属住宅近在咫尺），此为该校之优点。地址在外南，尤与照料学生之旨适合，故商孙校长子乐将聘书寄来，幸勿以为唐突也。如承爱护乡校，即请吾兄与章先生早日来蓉为盼。

再，同乡会简章亦经拟出，正待召集筹备会，又因浙校增建教室、饭厅，负债二百余万，刻正发起募捐运动，以先生之热忱毅力，当必有以协助也。近慈寺方面因病未能前往，晤海师当代递。即颂

健康

弟嵇述庚顿首，七月廿八日扶病作

一八、江庸　1通

江庸（1878—1960），字翊云，晚号澹翁，四川璧山（现重庆市璧山区）人。中国法律教育的奠基人之一。1906年毕业于日本早稻田大学法制经济科，归国后授法政科举人。曾任清政府大理院推事、北洋政府京师高等审判厅厅长、司法总长等职。1926年迁居上海，从事律师业务，曾义务为救国会七君子辩护。1949年出席第一届中国人民政治协商会议第一次全体会议，并被推选为政协全国委员会委员。

铎民我兄道席：

奉示并读大诗，清丽无伦。惜《斗茶》[1]余已付印，序中于作者及诗之首数记明，已先印不能再加入矣（尧师及他友亦陆有见示者，均从缺）。山居无聊，明晨如晴，将赴中华访剑霜[2]，所谓活动者，即此类意乎！手覆。即颂

近安

庸上

1 《斗茶集》，江庸辑，1939年在成都石印出版。

2 指缪秋杰。

一九、景定成　3通

景定成（1882—1959），字梅九，山西运城人。早年留学日本，1905年加入同盟会。1910年在北京创办《国风日报》。1924年，冯玉祥发动“北京政变”时，曾担任国民军第六军军长。中华人民共和国成立后被选为陕西省政协委员。著有《罪案》《入狱始末记》《石头记真谛》等。

1

铎民吾友如面：

章师著书四册收到，甚喜。前谈之王生婆楞[1]，曾为鄙著《石头记真谛》作序者，西安青年能读古书、工文字者无生比也。谨以贡诸左右，敢请量材委用，俾展所长是幸。余由王生面详。专此。顺颂

政祉

景定成拜启

1　王婆楞（1906—1976），又名王克，曾用名王安拐、王方相、方木四，陕西省安康人。著《中缅关系史》。

2

铎民吾友如面：

昨谈甚畅，推荐人材中以尚君伟民（名武）为巨擘，因其毕业早大，民九归国，为笠僧[1]同学佐治，又历充县长等职，学识经验均极超越，可称为捡得遗珠矣。即希拔擢，授以专职，俾得展布所学，是为至幸。余由尚君面详。专此。顺颂

政祉

景定成拜启

3

铎民吾友如面：

昨日所推荐李君梧伯，曾由山西铁路专门学校毕业，转学法政，为吾乡革命先烈李岐山[2]之旧友，因从事革命，牺牲甚巨。近年在西北方面历任县长等职，曾为青海民政厅长王子元同志佐理，其学识经验自越寻常，久困长安，无由施展，特请擢用，授以专责，俾早舒长才是幸。肃此。顺颂

政祉

景定成拜启

1　指胡景翼（1892—1925），字笠僧，又作励生、立生，陕西富平人。1910 年加入中国同盟会，1911 年武昌起义时，在陕西举兵响应，任第一标统带。民国成立后赴日本留学。1914 年回国，在陕西地方军陈树藩部下先后任营长、团长等职。后与冯玉祥、孙岳组织国民军，任副司令兼第二军军长。

2　李岐山（1879—1920），名鸣凤，山西安邑人。1908 年，由景梅九介绍加入中国同盟会。辛亥革命太原起义时，任山西敢死军司令部三等副官。民国初年，为混成第一旅旅长。后任陆军部咨议、陕西靖国军第三路第四支队长。

二〇、李洣 1通

李洣（1884—？），字佩秋，号小山，湖南衡山人。民国初年曾代理浙江南田县知事等。有《红缥馆诗钞》等。

铎公厅长钧鉴：

趋沪修谒，备叨教诲。饮食之赐，戴荷无已。公又为大儒女夫，视古冰玉，并远过之，尤令钦迟光尘，如景星庆云也。属以痔发，犬马之疾，难趱程期，正深惶悚，既承溯初先生[1]驰函辞谢，则驰驱图报，来日方长耳。余君越园[2]绘件已先邮寄铃辕，另倩书画便面，允俟写就，径奉衔命，谨报孙公达兄[3]，度早抵陇。专此。虔请

勋安

李洣肃上，六月廿八日（1935年）

1 指黄群。
2 指余绍宋。
3 指孙宣。

二一、李明扬 1通

李明扬（1891—1978），字师广，号敏来、逊吾，安徽萧县人。同盟会会员，曾参加二次革命、北伐战争。1930年任江苏省政府委员兼江苏保安处处长，抗战期间历任苏鲁战区副司令、江苏特别行政区主任等职。1949初率部起义。中华人民共和国成立后，历任江苏省农村厅厅长、国防委员会委员等。

铎民我兄勋鉴：

手教奉悉，兄热心爱国，刻拟创组周刊，弟极赞成，一切情形复经舜友兄面告。至筹基金事，弟暂拟拨付五百元，便中再商他友，如有所得，再为奉闻。特复。并颂

伟安

弟明扬手启，十二、廿九

二二、李宣龚　9通

李宣龚（1876—1953），字拔可，号墨巢、观槿，福建福州人。光绪二十年（1894）举人，曾任湖南桃源县知县、江苏候补知府。民国后供职商务印书馆，1932年任商务总经理。又与张元济、叶景葵等共创私立合众图书馆，任董事。著《硕果亭诗》《墨巢词》等。

1

铎民先生阁下：

顷奉手示，嘱借各书，只有《汉魏丛书》本《神仙传》一种，可以奉假，其余皆毁于馆难，更令人不能不为涵芬楼发一浩叹也。手此奉复。祗颂

著祺

弟李宣龚顿首，一月卅一日（1933年）

2

铎民先生大鉴：

久疏奉教，比维履候清嘉，定如所颂。

敬启者，本年一月间尊嘱代借敝馆《汉魏丛书》内第四十六七两册，为时已久，想已用毕。现在馆中图书室正在清理书籍，便中乞为检还，是所至荷！手此。祗请

道安

弟李宣龚顿首，五月卅一日（1933年）

3

铎民先生大鉴：

久别正念。昨奉手翰，欣悉远临甘陇，荣掌度支。边省瘠巨，百端待理，鸿筹在握，必能措置裕如，无任忭颂。

百衲史预约凭单并无改换之说。第三期书计有《宋书》《南齐书》《梁书》《陈书》四种，业已出板，只须将原定凭单寄下，示知应寄何处，即可照办。惟单据遗失，则须经过登报手续后再行补发凭单，承询谨以奉闻，即希鉴论。

甘凉为自古雄镇，诗兴必豪，大作如蒙见示，甚以先睹为快。弟则终日尘冗，久废吟咏，有愧多矣。专此布复。敬颂

勋安，诸希惠照。

弟李宣龚顿首，廿三年一月三日

4

铎民先生大鉴：

久未奉教，敬念！日前高梦翁交下太夫人墓志三份，当与蔼农[1]、云五分别拜领，均甚感谢！邓君《西夏文译经》一册诵悉一一，承商以此书委托付印，甚为感幸。惟敝馆收走译著稿件而由编审会审读，方能酌定。今此册经文皆

1　指黄葆戉（1880—1969），字蔼农，号邻谷，小名破钵，别号青山农，长乐人。历任福建省图书馆馆长、上海商务印书馆编辑，上海美术专科学校图画系主任及上海大学书画系教授等职。著有《青山农书画集》等。

素少研究，未能悉其内容，不敢爰受，深负介绍雅意，怅歉奚似！兹特缴还，即希登入婉改为荷。专此奉布。祗颂

暑祺

弟李宣龚顿首，七月二日

5

铎民先生大鉴：

久未笺候，正切驰思，顷奉四月一日惠函，诵悉为慰！承示贵厅拟托代印铜元票，自当效劳。兹将各种铜元票样张及价目单由航寄奉，至祈察阅。敝馆历来承印大小证券，其成绩久在鉴中，如蒙核定委办，无不竭诚克己，以副尊属也。石遗丈处常有问讯，容即代致拳拳之意。《近代诗钞》三集尚未编就，并以附陈。专此奉布。敬颂

台绥

弟李宣龚谨启，二十五年四月四日

6

铎民先生大鉴：

奉五月六日手书，敬悉委印之财政工作报告，询据主管部份称，本月十一日可以全部排竣送校，当不致误。昨日敝馆曾奉一函，需尊章印样，以备照制锌板，印在报告封面之用。又另邮寄奉铜元票样三种，想均蒙察收矣。石遗先生二十日以后入蜀，知念并闻。此请

勋安

弟李宣龚顿首，五月八日

7

铎民先生大鉴：

日前诣送，知台旆西迈，望尘不及，至怅至怅！甘肃财政廿四年报告顷已代印一百部，谨以奉赠，到祈察收为幸。手此。祇请

勋安

宣龚顿首，十一月廿一日

8

铎公先生大鉴：

昨奉九月廿八日手书，并承寄下《畿辅通志》《湖北通志》《山东通志》，预约九折，价洋二十七元九角。又邮费四元四角八分，共计洋三十二元三角八分，如数拜领。兹将收款凭单及预约券（张鸿汀君[1]名义，烦转交）统单一纸奉上，伏希察入。至《嘉庆一统志》除照最优待作为九折外，别无通融办法，尚祈见谅为幸。专此肃复。祇请

台安

弟李宣龚顿首，十月九日

---

1 张鸿汀（1890—1950），字维之，名张维，号鸿汀，甘肃临洮人。知名史学家、方志学家、金石学家、目录学家。历任甘肃通志馆副馆长、《甘肃通志稿》总纂、甘肃省参议会议长等。

9[1]

铎民先生大鉴：

本月十四日奉复一缄，并附呈代定甘肃电报局长寿君天章订购之《丛书集成》预约凭单一份，相邀察收转致。昨日又承尊处汇下钞洋三百九十一元，代兰州第一农业学校王尔辅君[2]订购一部，兹将预约凭单填附，仍乞转致。叠荷鼎介，具仰阐扬文化之感，非止敝馆感戢已也。谨此布谢。敬颂

勋祺

弟李，廿四年九月十七日

附：朱镜宙致李宣龚

拔可先生大鉴：

兹奉上洋三百九十一元，请代定贵馆出版之《丛书集成》一部，系甘肃电报局长寿天章君所定，乞将预约即班寄下。尚有农校一部，下星期当可寄奉，至弟前少九元，已面嘱内人照付，请洽收为荷。敬请

公安

弟朱镜宙上，九、七（1935年）

1　此通及朱镜宙函均据朱有发先生提供原稿照片录入。

2　即王尔黼（1904—1986），字文卿，甘肃静宁人。1931 年毕业于北平大学农学院农业经济系。任兰州农校教员、教务主任。1932—1946 年任甘肃省立第一农业学校、甘肃省立农业学校、甘肃省立兰州高级农业职业学校校长。1949 年后，先后在志果中学、临洮农校任教。

二三、李煜瀛 1通

李煜瀛（1881—1973），字石曾，笔名真民、石僧，晚号扩武，河北高阳人。李鸿藻第三子。光绪二十八年（1902）赴法留学。1906年加入同盟会。1917年归国至抗日战争爆发期间，先后任北京大学教授、中法大学董事长、北平研究院院长等职。1925年10月后任故宫博物院临时董事兼理事长。1956年定居台北。著有《石僧笔记》。

手示敬悉，承惠大著，并荷屡次枉顾，感佩兼至！日来小愈，本拟稍迟亲来致谢，并聆教益，惟周先生出京之期已近，而贱恙尚未大痊，不克走谈，歉甚！兹拟订于星二午后四时在敝寓茶话，并约热心侨务之友人同座，藉相讨论，届时务乞惠临，时期宜否？并乞电示，以便约定他友，统容晤罄。即颂

大安

弟李煜瀛敬启，廿六日

二四、李植 2通

李植(1885—1975),字培甫,四川垫江人。加入同盟会,后东渡日本,入早稻田大学。辛亥革命后于重庆、成都两军政府任参赞。1939年任华西协合大学中文系主任,讲授声韵学、文字学等课程。1952年在川大退休。著《异平同入考》《声韵学》等。

1

铎民吾兄左右:

顷访石帚[1],案有华西笺,如属录稿奉上。石帚以事冗尚未下笔,已代达尊意敦促矣。炎师年谱,吾兄抵自流井日,务请倩人誊一通寄下,仍交焦家巷舍间,缘乡处地僻,邮递虑有浮湛耳。何时首途,望便中示及。手此。即讯

暑安

植顿首,七月廿五日

曩《属题石遗先生手迹卷》一诗,箧中无录稿,亦请录下,藉存一段香火缘也。

---

1 指庞俊(1895—1964),字石帚,室名养晴室,祖籍重庆綦江。早年肄业商业学堂,后为塾师。曾任四川大学教授兼古典文学教研组主任、研究生导师。著有《国故论衡疏证》《论吃菜事魔与墨家者流》等。

2

铎民先生左右：

前月承赐手书，适出省谒墓，旋省始获展读。昨者复奉续示，敬悉种种。嫂夫人任教一事，未之敢忘，亦不敢期其得当，近年诸事变迁，办学者多不相知故也，郭君既允推挽，消息若何，无妨随时见告。

炎师年谱已收回，新书转成旧籍，可为嗢噱。拟暂留植处，俟照录讫奉还，必无遗失之虞。早拟从事钞胥，初为亡侄事牵率，继复误于通一之延宕，当于假期办之也。

书贾薛志泽君[1]覆刻《章氏丛书续编》，已印出，与原刻不相差，吾兄曾寓目否？能为推销甚善。此君尚欲刻文录三编，殊快人意。复颂

大安

植顿首，六月十四日

1　薛志泽（1891—1966），名天沛，自号中隐楼主，成都人。曾任《蜀报》记者，后经营旧书业。著《益州书画录》。

二五、林大同　1通

林大同（1880—1936），字同庄，瑞安人。毕业于日本帝国大学土木工程科。宣统元年（1909）归国，任浙江铁路公司工程师。1915年，任浙江省水利委员会主任兼技正。后任钱塘江工程局局长、钱塘江岸工程处处长兼浙江水利局局长等职。著有《鉴止水斋随笔》等。

铎民尊兄左右：

两拜赐书，祇承种是。黄学士[1]改定鄂省试卷一巨册已收到，俟有余暇当为抄录诸公题跋，以应尊命。惟弟久荒笔研，恐污损精藏之品耳。舍侄女履历已函嘱开奉，此女孝心綦笃，以亲老家贫，必欲谋得一事以裕家计。吾兄允为介绍，实所感荷！

弟大同顿首，五月六日

1　黄学士指黄绍箕（1854—1908），字仲弢，又字穆琴，晚号鲜庵，浙江瑞安人。黄体芳子。清光绪六年（1880）进士，九年三月授翰林院编修。历任庶吉士教习、会典馆提调、翰林院侍讲、左春坊左庶子、京师大学堂总办、翰林院侍读学士等职。著有《中国教育史》等。

二六、林思进 3通

林思进（1873—1953），字山腴，号清寂，又号清家翁，四川华阳人。光绪举人，曾官内阁中书。1919年后历任四川省高等师范学校、成都大学、华西协合大学、四川大学教授。纂有《华阳县志》等。

1

铎民先生伟鉴：

顷奉惠笺，知拙题《维摩室诗》已达棐几，草率成篇，过辱奖借，甚恧甚恧！仙乔[1]近往峨眉任四川大学文学院长，寓报国寺中，如与通问，径题报国寺便可递到也。匆覆。即颂

著安，不具。

思进顿首，旧八月之望

2

铎民先生：

顷奉惠笺，藉谂榷署近在嘉州，于征算贤劳之余，尚有江山吟眺之乐，甚慰甚慰！不肖避寇居郫，偶然入城，即寓稚居家中。承命题《维摩堂图》，

---

1 指向楚。

衰谢无复精思，率成五言一首，敬录如别，聊塞雅爱而已。来教撝谦之称，托在不弃，幸勿再施。匆匆上覆。即颂

著祉

思进顿首，重阳前一日

3

铎民先生：

前奉惠书及《咏莪堂记》，久之始自成都转到，捧诵再四，亟珮孝思！不肖避寇沱水逾两年，希入城也。敬缀五言一律。愧不能工，塞命而已。耑覆。上颂

道祺，不具。

思进顿首，十二月十一日

二七、刘道铿 1通

刘道铿（？—1957），字放园，福州人。1916年李大钊任《晨钟》总编辑时，刘为经理汤化龙的私人秘书。中华人民共和国成立后，任北京文史馆馆员。著《放园吟草》。

铎民吾兄厅长阁下：

别又逾月，维公私安吉为祝。兹有启者：舍侄孙永楙此次奉经济委员会派赴兰州，监造西北防疫处房屋，暑天远役，人地生疏，深望吾兄能推爱，时加照拂，并予教导，感激良深。兹特耑函奉介，敬祈赐予接见，俾获亲聆训诲，于舍侄孙必大有益也。临楮不胜祷荷。耑渤。顺颂

公祺，不具。

弟刘道铿顿首，七月卅日

二八、刘麟生 1通

刘麟生（1894—1980），字宣阁，笔名春痕，安徽庐江人。1921 年毕业于圣约翰大学政治系。曾任商务印书馆和中华书局编辑。1927 年起任南京金陵女子文理学院教授、圣约翰大学研究院教授等。著《词絜》《中国诗词概论》《古今名诗选》《春灯词》等。

铎民先生学长：

蒙赐《马来半岛》一书，甚感甚佩！仆昔时喜治地学，无所成就，今读兹书，犹有余想也。拙著奉上一册，外纸并烦代求太炎先生一挥，不知易办否？敬请

著安

弟刘麟生上，廿一、八、四

二九、刘汝璠 1通

刘汝璠，民国期间为南京中央大学教授。著有《开发西北之先决条件》。

铎民仁兄厅长勋鉴：

前拍贺电，谅达记室。弟上月到京，偕内子访烈敷[1]夫人，始悉吾兄过京时，曾欲访弟叙谈，适弟彼时尚留杭，未能相晤，憾甚！日前在汤再如家遇内子叔父志翔先生，藉悉兰中财政自兄到后已大加整顿，日有起色，闻之无任欣忭！

弟本人因政治上风波太多，刻拟暂留沪，在金融界或大学服务，一切尚希指导为幸。又弟前次匆匆离兰关，于一切交代，均托旧属办理，或不免有手续不周或时间迟延之处，尚希费神，分别向勉堂、成谋两兄处一为解说，俾其早日结束为感！余容后另详。专此。顺颂

勋绥

弟刘汝璠手上，十二，十一

弟因祖房尚未收拾好，暂寓内子亲戚家（戈登路余庆里十号陈宅）。

关于甘南水灾救济事，弟曾一再请许委员长设法，并见其办公桌上有兄及一公主席所来之电，但目下苦于无款分配，日前曾由甘赈会代表田、郭两君列席说明，日后进行结果如何，再行奉闻。又及。

---

1 林竞（1894—1962），名维瑞，字烈敷，浙江平阳（现属浙江苍南）人。毕业于日本东京政法大学。曾任青海省政府委员兼民政厅厅长。力主“开发西北”，被称为民国时期西北拓荒第一人。著有《西北丛编》《新疆纪略》《西北旅行记》《中国必能复兴》等。

三〇、陆刘文端　1通

陆刘文端（？—1969），温州人。心理学家刘廷芳之妹，燕京大学校长陆志韦的夫人。

铎民二哥如晤：

前接手翰，久稽裁答，敬求愿宥，辰维百凡如意为颂。

藩弟[1]此行全凭厚爱，母亲、大哥[2]与庄妹[3]都同铭感。藩弟自幼秉性孝友，先严在日最所钟爱，母亲守节抚孤，大哥、嫂[4]秉承母志，襄助努力，俾得成立。藩弟辱承二哥厚爱已二十年，此后若能有所建树，光前裕后，皆二哥之赐也。藩弟诚实忠厚，哥所素知，惟阅历甚浅，又复初入宦海，前途一切，全仗哥

1　指刘廷藩（1899—1950），字定寰，武昌文华大学图书科毕业，1923年到清华学校图书馆工作。后任北洋工学院图书馆主任。

2　指刘廷芳（1891—1847），字亶生。毕业于上海圣约翰大学，后在美国哥伦比亚大学获教育与心理学博士学位，并于耶鲁大学神学院取得神学学士学位。任燕京大学神学院院长，创办燕大心理学系，后任中华全国基督教大学委员会主席、中华基督教教育协会主席等。

3　指刘廷庄，毕业于南京金陵女大，燕京大学教授徐淑希夫人。

4　指吴卓生，刘廷芳妻。历任燕京大学、北京女子高等师范学院教授，活跃于当时的北京妇女界。

随时训诲指导，俾免陨越为祷！志韦[1]下星期可返平，今年谬膺燕大董事推举代理校长，不知就否，尚冀二哥时锡教言，以匡不逮也。

西北，国家屏藩，哥膺党国重寄，千万为国为民厚自珍爱，敬谨遥祝胜利成功。专此。顺候

勋安，诸惟亮察不宣。

陆刘文端，八月廿四日（1934年）

二嫂前敬请代问安好。

母亲、大哥、嫂、庄妹命笔致意。

1　陆志韦（1894—1970），别名陆保琦，浙江吴兴（今湖州）人。1913年毕业于东吴大学，后赴美国芝加哥大学生物学部心理学系读书，获哲学博士学位。1920年回国后历任南京高等师范学校、国立东南大学、燕京大学教授、系主任、校长等。1955年被聘为中国科学院哲学社会科学部委员。

三一、吕苾筹 1通

吕苾筹，湖南人。于1928年至1932年任国民政府行政院秘书长，后任浙江民政厅厅长。

铎民先生惠鉴：

两奉赐翰，深佩关念，梓桑之盛意，曷任钦迟！徐县长在任尚称相安，省府本无更动之意，惟以铨叙部审查资格不合，一再来文驳令照章撤职，格于部例未便久悬。昨日省府已改委张君叔梅继任。张君随从谭院长有年，品端学粹，久膺民社，并著循声，便道来沪，奉访左右，乞指示一切，不胜企祷。

再，本省积谷董亏民欠所在，皆有非积极清理不能达备荒目的，曾经拟定追缴旧欠办法，通令各属照办。凡由仓董延欠者，限三个月内扫数清还，逾期则予押追，或查封家产备抵欠；实欠在民者，应查明情形，分别根保追还，或酌量情形，另觅新保作为新放，如实系力难归还者，准分期清还，或酌予减免，总期廓清积弊，以符设仓本旨。令发以来，各县追起旧欠计已不少。承示珂乡积谷弊端，已切属新任破除情面，认真追缴矣。专请

勋安

弟吕苾筹启，五月十五日

三二、吕渭英 1通

吕渭英（1855—1927），字永年，号文溪，或作文起，温州人。光绪十一年（1885）举人，历任惠安、闽县、浦城等县知县，升福州知府。后回温任商会总理。

铎民仁兄大鉴：

湖滨盘桓，得倾积愫，欣慰无似！接教知南旋在迩，良晤非遥。嘱觅《永嘉丛刻》以及志书等，知敝箧现无存储，俟搜到照寄，否则当由印刷处代印数部以报。世界翻新，学说好奇，故乡文献，渐归凌替，阁下犹注及此，洵堪钦佩。手复。即请

旅安

弟渭英顿首，五月六日

三三、马衡 3通

马衡（1881—1955），字叔平，别署无咎，号凡将斋主人，浙江鄞县（今宁波）人。肄业于南洋公学。1917年任北京大学附设国史编纂处征集员，1918年任北京大学文学院国文系讲师。后又任清华国学研究院讲师。1925年故宫博物院成立，任古物馆副馆长，1933年担任院长。著《凡将斋金石丛稿》等。

1

铎民先生大鉴：

得惠书，敬悉台从由雅返渝，陈仲光君托带汉高君阙拓本，甚感甚感！敝寓近迁海棠溪百子桥四号，虽系一水之隔，交通究属不便，工役送信常有入城者，请交蘅庐，当派人往取也。专复。敬颂

岁祺

弟马衡上言，一月八日

2

铎民先生大鉴：

顷奉复书，所论甚是。俟晤郭厅长时当与面谈，请其先托可信之人往觇有无，再由专家鉴定，即责成县府运省，当不至走漏风声。

甘肃莽权事，弟知之甚详。先是，邓宝珊过平赴甘，弟托其拓墨照相，

并嘱妥为保存。邓到甘，询知确有其物，即订期前往参观，不料参观前夕竟告失踪。邓来电见告，且托访查，弟访之经年，得之于天津市上，人赃并获，确系某军人之副官。时弟主持中央古物保管委员会北平分会事，故对此等事易得丝索，遂予没收。尚有甘肃官方未得而落于古董商之手者，有最精品二件，侦知为北平某大古玩铺所收，询之坚不承认，乃由官厅押追，始行呈出，因偿以原价。于是此次出土之新莽权，衡复归一处，现由中央博物院筹备处保管。惟有一最大之权，尚在兰州民教馆，未得延津剑合耳。此事在当时考古学界惊为神奇，亦足资谈助者也。专复。敬颂

台绥

弟马衡上言，十一月二日

3

铎民先生大鉴：

顷得惠书，并太炎先生撰太夫人墓铭墨本，敬受拜读。承示酆都三元寺宋瓷造象二躯，既为蜀中故物，应归省有，拟告知教育厅，请人鉴定，如系真品，可移入省立博物馆保存也。

许君字季茀[1]，今在考选委员会任秘书，虽同在陪都，已经年未晤，盖彼常驻歌乐山也。大足考古将来《文史杂志》拟出一专号，闻已寄沪付印矣。此颂

著祺

弟马衡上言，十月廿五日

1　指许寿裳（1883—1948），字季茀，号上遂，绍兴人。1902 年留学日本，主编《浙江潮》。1909 年回国，先后任浙江两级师范学堂教务长、南京临时政府教育部参事、北京大学和北京高等师范学校教授、江西教育厅厅长、北京女师大校长等职。

三四、马孟容　1通

马孟容（1892—1932），名毅，字孟容，以字行，浙江温州人。早年毕业于浙江高等学堂。后任职于浙江省第十中学、上海艺专等。师从温州名画师汪如渊，专攻花鸟画。

铎民道长大鉴：

昨晤谈为慰！校呈文已办好送去，今晚晤徐君陶局长[1]，时望鼎言一催，恳其从速转呈教育部为荷。拙作画片二份，请检收分致同好，幸甚！匆上。即颂

近安

弟马孟容顿首，十二月九日

1　徐君陶，时任上海特别市教育局代理局长。

三五、马叙伦 1通

马叙伦（1885—1970），字彝初，改字夷初，号石翁、寒香，晚号石屋老人，浙江杭州人。早年参加同盟会，辛亥革命后，历任上海劳动大学校长，清华大学及北京大学教授等职。中华人民共和国成立后，历任中央人民政府委员、教育部部长等。

铎民先生大鉴：

别久思深，忽奉朵云，顿慰锔饥，承赐大著，循诵极佩！令先世荡南[1]先生《李诗辨疑》，弟所有本亦系其嗣守行所刊，诚多错误。黄旭初刊《敬乡楼丛书》即借以勘校也，惟此书弟顷亦已售去矣！专此奉复，并鸣谢悃。即颂

大安

弟马叙伦顿首，廿二年四月廿八日

1 指朱谏（1462—1541），字君佐，号荡南，浙江乐清人。明孝宗弘治丙辰（1496）科进士。著有《李诗选注辨疑》《荡南诗集》《雁山志》等。

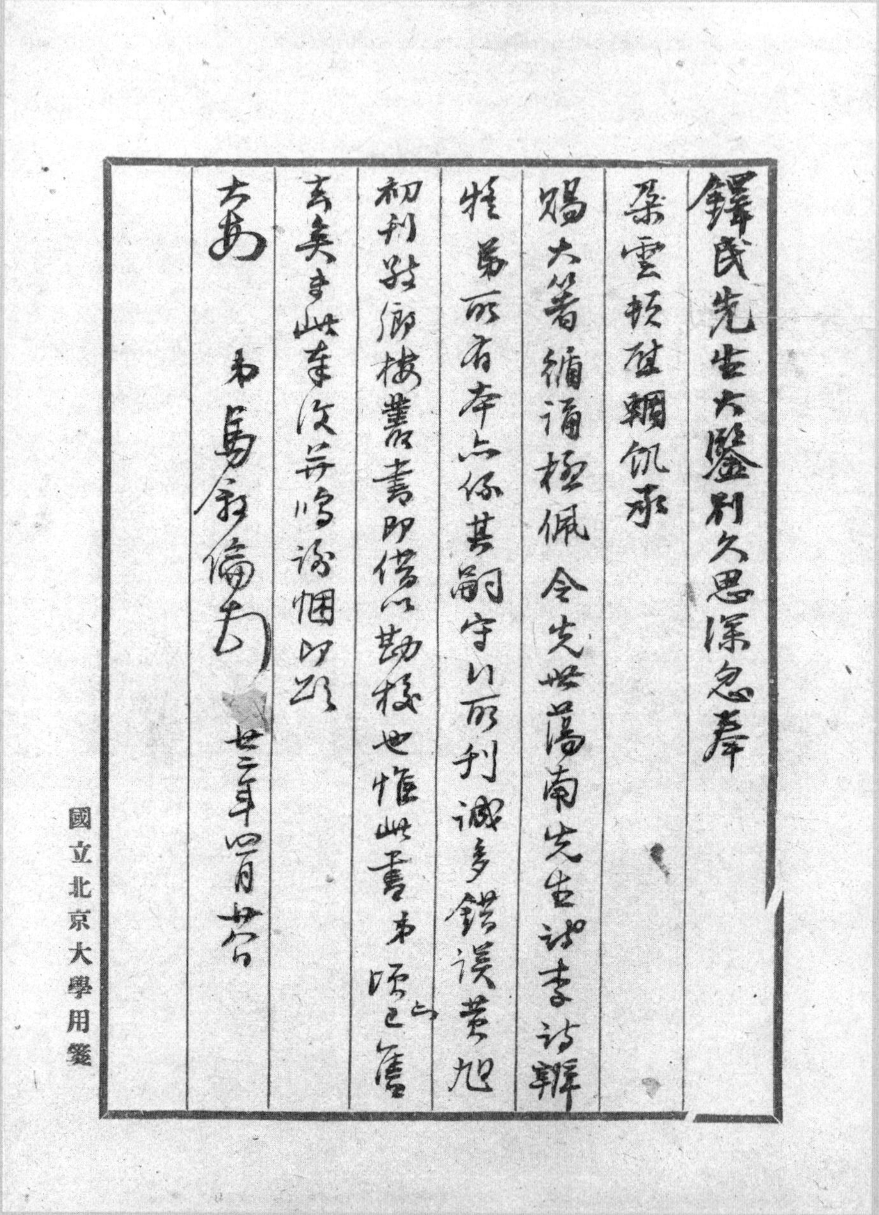

鐸民先生大鑒：别久思深，忽奉
朵雲，頓慰飢渴。承
賜大箸，循誦極佩。令先世萬南先生讀李詩辯，
惟弟所有本亦係其嗣守以所刊，誠多錯誤。黃旭
初刊於御樓叢書，即借以勘校也。惟此書弟頃亦已售
去矣。手此奉復，并鳴謝悃，即頌
大安！　弟馬叙倫頓首　廿二年四月廿八

國立北京大學用箋

马叙伦1933年4月28日函手迹

三六、马一浮[1]　8通

马一浮（1883—1967），幼名福田，字一佛，后字一浮，号湛翁，别署蠲翁、蠲叟、蠲戏老人，浙江会稽（今绍兴）人。曾任浙江大学教授，后应蔡元培邀赴北京大学任教。中华人民共和国成立后，任浙江省文史研究馆馆长、中央文史研究馆副馆长等。

1

辱书并劳奇楠鹿脯之馈，实非衰朽所宜服，然郑重之意，又不容却，愧谢愧谢！尊诗立时毕读，佳句满目。公自是隽才，不谬为石遗法乳。真不图于永嘉之日，复闻正始之音矣。

承寄存箧书及藏拓，已交书院善为保存，当由书院具复，并将目录送缴。凭仗山灵呵护，留俟异日取还。在保存期间，亦听书院学子借览，当不致有损丹铅。此亦仁者法施之益也。

孔公属书，容少闲下笔，但苦无佳笔，益见拙劣耳。前者谈次及于舍甥，此子粗解事理，尚非驽下。山野之性，从不肯轻为子弟干请，公所知也，因其羁宦黔中（渠曾充保安处及九十九军中校秘书，今在兴仁专署），道路多患，念公方事垦殖，欲令来川，弃此吏事，学为耕桑，故漫以相属，非欲其与鸡鹜争食也。不谓遽蒙收录，畀以委状，实非鄙意所及。左右既辞税局，就令到职，亦似无所因依。初意欲俟其到渝，当令进谒，谅其可备器使，然后命之，则隶在帡幪，或可俾资历练。今若此，却似曲为之地，有类滥竽。然既荷见采，

1　录自《马一浮全集》第2册（下），第680—684页，浙江古籍出版社2013年。

亦不宜过拂厚意，当如所谕告之。区区之怀，则不当匿于贤者，故倾其愚直如此，在俗情或以为盭，公则稔其非倨也。发驾有待，更图快晤，先此陈谢，不宣。

（1940年5月1日）

2

铎民尊兄左右：

累书未报，以与公同病下利，甚惫，顷始能起。观心无常，观受是苦，维摩默然，乃真入不二法门也。行都虽频患空警，想郊居无虞。逆境界亦是入道之助，恨末法机劣，此理尚堙晦耳。佳篇讫今未能和得，刻得近岁杂诗为《避寇集》一小册，今以奉正。记此流离，非求倾听，亦不足以示途人也。毅成、百闵[1]颇时相见否？山中亦苦暑热。因暇仍望继教，诸唯珍卫，不宣。

浮顿首（1940年8月5日）

3

铎民仁兄先生左右：

月前快晤，良慰。别后复劳坚致刻资，已由星贤、立民[2]具答，并函书院董事会专函申谢。推君子之用心，实衰俗所难遘。拙野何足以言著述？会当留之以刻先儒遗书。浮即去，亦当敬告后来者，不虚仁者之惠耳。属写先德墓文旧稿，今始率尔写成（无长纸，今写作四幅，若装卷，可接黏），并敬题咏我堂诗，均别纸附去，至希示复。何时移自流井，亦望见及。草草。顺颂

禅悦，不宣。

弟浮顿首（1941年9月9日）

1　毅成指寿毅成，百闵指刘百闵，皆马一浮弟子。

2　星贤指王培德，立民指张立民，皆马一浮弟子。

4

铎民仁兄先生左右：

往得成都来教，闻将赴第八战区，竟未知其地何在，无从通讯，但有怅惘。昨荷自流井惠书，始知暂还，又有年内重游嘉定之意，既慰且望。唯谓时作出世想，何也？若论佛法，究竟实无世间可出，菩萨视生死如游园，观今日世途荆棘，特如行废园荒径而已。若待庄严，亦赖自身。仁者题其居曰“维摩室”，则出世已竟矣，何须更出？聊举此以当晤谈。

弘一法师亦久无消息，闻仍在泉州，想安隐无恙，因问故及之。书院不复可为，粥饭亦难为继，余事可以不言。去年承助刻资，勉招刻工一二人，开雕罗近溪《盱坛直诠》及拙讲《观象卮言》，约年内或可脱手。时人视此如毛发许事，无足重轻。董会无办法，亦无须深论。基金特虚有其号，闻至今国库并未拨出。保管委员当日系由政院指派，似非董会所能主张，浮更无从置喙。前来教欲辞去保管名义，无法代为转达，并希谅之。书院恐不久终当废止，然则仁者此意似亦可置之不论耳。率复。顺颂

旅祉，不宣。

弟浮顿首（1942年10月27日）

5

前立民见告仁者示疾，未暇修问。亦以夙宗维摩，深知病本，必善调御，无取俗情。近闻尊候已安隐如恒，益慰怀仰。丰子恺来山，并承馈沱茶二团，既涤愁虑，亦助诗思，良厚良厚。兼谂摆落尘网，肆志闲居，比想道念益精进矣。

弘一法师，公所推挹，惜遂迁化。失此僧宝，丧我良朋，能无悼叹？旧与啬庵[1]各有二诗，今以录奉。亦缘公于弘师，久欲参承，当同仰也。写诗者

1　指谢无量。

为山中学人王伯尹[1]，夙好弘师楷法，颇能得其仿佛，虎贲中郎，亦或公之所喜邪？沪上诸学佛人寄来《纪念刊》一册，中间似少佳文，今亦以奉览，即可留之，不必寄还。

书院既罢讲论，乃谋刻书。刻书无赀，乃谋鬻字。世缘之劣，莫可如何。既不可乞助于檀施，遂不辞以翰墨为人役。恶札流传，此亦末法时之劣应身耳。嘱书各件，已别由立民寄奉。相距非远，言晤无由，春深犹寒，唯加意调摄，不尽。

（1943年4月19日）

6

得十四日书，知体中尚未复，良念。比日秋凉，想摄卫渐宜。何日如蓉？倘荷迂道见枉，至慰所望。承示缪剑霜[2]先生雅意闵识，至堪钦佩。前月得曹君纕蘅书，亦经缪君愿助刻书为言。唯来书所云先汇刻赀，至今未到。弟以未得缪君笺教，亦未可率尔陈词。书院虽有中断之虞，刻书实为当务之亟。倘荷缪君先施，敢不尽臆以对？艺风堂通博精鉴，海内所称。弟之区区所欲从事剞劂者，乃是先其所急，不过蹄涔篑土，未足以言网罗放失，而今人意量，已病其迂。事本从缘，不必自我。他日若与缪君幸接余谈，当劝请绍隆家誉，多作饶益，亦不限于书院之陋耳。手复。顺颂

痊安，不一一，缪君处幸为道意。

（1943年8月20日）

1　指王准，字伯尹，马一浮弟子。

2　缪秋杰（1889—1966），字剑霜，号青霞，祖籍江苏江阴，出生于上海。1934 年任两淮盐运使，1935 年调任四川盐运使兼川南稽核分所经理。1940 年，任盐务总局总办。后调任财政部参事。

7

承示将往依虚老，甚善。草草书此赠行，实了无一字也。平生作书不愿重复，公所得拙书既为人持去，便休，不可再向仆补偿，故未能如命。虚空无尽，未来无尽，何处不相见？行矣，勉之。

铎民道者足下

浮白，癸未初冬上弦（1943年11月5日）

8

铎民仁兄先生左右：

得书，藉审尊候已和，良慰。承谓有马君季洪，今之佳士，欲于暑假来山见访。浮久撤皋比，旧时学人都已星散。自病讲论无益，不欲再尸其名，坚请废除，幸获休假。刻书事亦付之二三友人，故已退处无为，杜门谢客，实不敢劳马君远辱。且山寺湫隘，暑中假榻尤非所宜。倘或便道相顾，自无不面之理；若曰留而请益，非特衰钝决不敢当，亦非退院僧所得专也。即希转达，并代致歉为幸。率尔奉答。敬颂

安隐，不具。

马浮顿首，卅三年六月六日

三七、马寅初 1通

马寅初（1882—1982），浙江嵊县（今嵊州）人，又名元善，著名经济学家、教育学家。北洋大学毕业后留美，历任北京大学教授、重庆商学院院长等职。曾任南京政府立法委员。中华人民共和国成立后，任北京大学校长等。

铎民先生大鉴：

前者台从莅京，快聆雅教，别后正深驰系，适奉惠函，欣悉平安抵厦，并承殷勤记注，感慰莫名。弟甫接仔肩，诸未谙练，尚望随时赐教，以匡不逮。寄来闽券两元已收到，另有回单填奉矣。专此布覆。即请

台安

愚弟马寅初顿首，九月十六日

三八、梅雨清 1通

梅雨清（1895—1976），字冷生，以字行，温州人。早年毕业于东瓯法政专业学堂。创办《瓯海潮》周报、“慎社”文学团体等。任温州籀园图书馆馆长、温州市图书馆馆长、温州市文管会副主任等。著有《劲风阁遗稿》等。

铎民先生：

前辱赐书，以执事养疴山中，惧损清神，未即寄讯。比者烈珊告我，尊恙已占勿药，距跃三百。执事用脑过度，一切尚须节摄。闻退食自公尚亲文史，恐非所宜。近还沪上，酬应必繁，海曲故人，深以贤劳为念。专讯。顺叩

痊安

制弟梅雨清顿首，廿九日

三九、钮永建　7通

钮永建（1870—1965），字惕生，又字孝直，号天行，别署铁生。上海人。光绪恩科举人，后留学日本，加入同盟会。辛亥革命时任松江军政府都督，后任南京临时政府参谋部次长、广州大元帅府参谋次长。1927年后，历任江苏省政府主席、国民政府内政部部长、考试院副院长等职。后去台湾。

1

铎民先生大鉴：

接奉十二月廿一日赐函，敬悉先生近就厦中行经理之职，欣慰无量！时局纷扰，徒以吾人均趋政治之途，致成偏重之局，而富国养民之基本，咸莫之顾。前聆雅教，拟先治实业，俟有基础，再顾政治。卓识伟见，真足救时。此次俯就厦行，从此发展必于工商业上成大事业，以先生之德之才，弟实希望无穷焉。

前承赐寄《太平洋会议面面观》，拜读之下，深佩外交上之卓见，除留一册外，已分送京沪各要人，或者将于时局有裨。救国会、研经会现仍以礼拜午后二时半举行，颇有兴味（每会常有二十人内外），尚望先生在厦提唱。弟少读儒书，近涉佛典，总觉救世救人救己之道，无逾基督教之精切正当，故涉猎愈广，归向愈笃，先生谅有同情焉。小册俟寻出寄上（现至第七册）。肃此。顺颂

道安

弟永建叩，十二月卅号

2

铎民先生大鉴：

接奉二月廿七日赐书，雒诵回环，名言隽愔，洵为匡时善策。此间国是会议方在进行，虽未必能见实行，然与会诸君多有志愿超出于武阀党派之外，或者将造成清议之一部，即可算好果矣。至其政策之行，非其人不克举，则将俟之他日，亦无妨耳。尊函弟拟以示该会同人，聊备参考，当有宏益，先此奉复。顺颂

大安

弟建叩，三月五日

北伐殆将实现，奉直亦必成大□，恐不出阴三月间，大战将作。余俟续闻。

3

铎民先生大鉴：

奉到赐函及通电，即送联合通信社登报。兹据该通信社复函云，公所登之报极少，真为负公。

时局似已在变化中，此时宜制造一种正当舆论，以资乱后之改造。先生倘有卓论，不妨尽量发挥。弟此后当另设善法，裨不负盛意也。

吴山先生[1]在沪担任道路建设会总干事，颇有成绩。徐季龙[2]先生当于阳五

1 吴山（1876—1936），原名吴平之，四川江津人。辛亥革命前就读于两湖书院。入民国，在江津从事新闻事业，后在天津进行反袁活动。1921年任中华全国道路建设协会总干事。曾和朱庆澜等在沪组织华侨救国经济委员会，筹款接济东北义勇军。

2 徐谦（1871—1940），字季龙，安徽歙县人，出生于江西南昌。光绪二十九年（1903）进士，授翰林院编修、法部参事。1922年任北京政府司法总长。抗日战争爆发后任国防委员会委员、第一届国民参政会参政员。著有《民法总论》《刑法丛编》《劳资合一论》《季龙先生诗集》等。

月初来沪出席于基督教大会，代表救国会。弟前代购之英文圣经，所值无多，不敢云赠。然先生亦不必还值转令滋愧。肃复。顺颂

大安

弟建叩，三月廿七日

4

铎民先生伟鉴：

前晚荷蒙顾访，不尽欲言。承嘱之件，至今早始缮就，快函寄上，尚祈察收。焕章[1]督军处，弟致候之片因嫌太泛，故于刘芳牧师[2]信中托其代致恳款，即祈于刘师绍介先生至焕公处函中提及弟意，似较合宜，尊意如何？京中近况及尊见，祈便示一二。肃颂

道安

弟建叩，七月廿六日

5

铎民先生伟鉴：

迭次赐书，奉悉。以冗务栗六，致羁答复为歉。北京政局较前稍有进步，总统、国会问题虽多可议之点，惟吾辈试设身处地，北廷果谋晚盖，舍主张法统外，更有何善法？果主法统，则国会舍复第一届，总统舍黄、段外更有何善法？以是言之，北方现局正不容再多苛求也。惟南政府以孙、陈之龃龉，

1 指冯玉祥。

2 刘芳（1876—1965），字馨庭，河北大兴人。光绪二十五年（1899）毕业于北京汇文大学，被派充滦州成美馆馆长兼教堂主任牧师。

演成十六日逼宫之剧，则未免又多一枝节耳。奉、浙似不能发生大问题。弟在沪，日困于同志之酬对，以消极之人面对于积极之同志，舌敝唇焦，幸有一部分尚能相谅，亦差堪持告吾知己矣。专此率复，尚祈时惠教言。肃颂

大安

弟永建叩，六月廿五日（1922年）

6

铎民先生伟鉴：

十个星期以来，渴望先生有信致弟，今日居然接到了七、四来函，欣抃无量！因先生四月初寄来千金及致稚晖先生祝八十大庆一函，大约距寄出之期不过四五天，即由国府转来，弟此时正在山洞寓所，越日即赴渝面致，稚晖先生受函而璧款，弟争以此为奖学金，乃以奖后进者，不可以却，稚亦坚不肯受。弟乃访党中央，拟面致此款于经理人狄君武[1]，适狄在北碚开立法会，不得要领而返。乃以尊款托舍弟钮荫谷，嘱其俟狄君返自北培即可面交，并取具收条，以便敬复左右，弟即返山洞寓所。越三四日，荫谷来函云“此款奖学金壹千元已面交狄君武”，并附来正式收条。但尊函全封忘记取回，同时遂致不知尊址而无从作复。满拟先生必有继函，不料过了九十余天，直至今日始有信来，所以欣喜之至，喜其又得通信地址。兹先奉复以慰遥念，收条俟检出续上。肃颂

大安

弟钮永建谨启，卅三、七、八晨九时于山洞新生路特一号

1　狄君武（1895—1964），谱名福鼎，后改名膺，字君武，后以字行，自号“邃思斋主”。太仓人。历任国民党南京市党部执行委员、宣传部部长、立法委员、中央监察委员会秘书长等职。

7

铎民先生伟鉴：

月初曾上寸缄，为报告吴稚老寿仪之奖学金壹千元收条事，迄逾旬日矣！惟该函通讯地址误为“自流井”字样（未写自贡市），未知因此以致失误否，深以为念！日来此项收条尚未查出，弟不日又须有西北之行，用敢切实证明此项奖学金壹千元确实已经于民国卅三年三四月间由钮荫谷经手，送到中央党部秘书处，经由副秘书长狄君武出具定规之正式收条壹千元（朱铎民赠送吴稚老八十大庆之奖学金），交与钮荫谷转钮永建收下，转交尊处。此项收条确已由钮荫谷交到弟处，因一时未能查出，用特具此专函证明。此后倘能查出该收条，再容续缴不误。专此奉达。即颂

暑祺

弟钮永建谨启，卅三年七、廿六于重庆山洞新生路特一号

四〇、欧阳渐 1通

欧阳渐（1871—1943），字竟无，江西宜黄人。近代著名佛学居士。随杨仁山居士学习佛法。东渡日本寻访佛教遗籍。专攻法相唯识学。1912年之后专心于佛法研究、佛典整理、佛教教育等事业。1914年，于金陵刻经处创办佛学研究部，1922年正式成立支那内学院。自编所存著作为《竟无内外学》。

铎民局长大鉴：

承询经义及改革佛教书，敬答如下：若尊重弟子，如云高等弟子为世所尊重者，若舍利弗、目犍连等。若心有住，即为非住者，无著菩萨法云，于非法及法无我中皆不住，故此经文上“住”字为属心，下“住”字为属行。应生无所住，心生者，行住也，无任住心，即真心应行住也。色生心，为有住心，即非法心，不应行住也。菩萨不行住于有住心之非法也。改革佛教谈何容易，此姑不答。此颂

近祉

欧阳渐顿首，十二、十一

四一、彭昭贤　2通

彭昭贤（1896—1979），字君颐。山东牟平人。毕业于北京大学史地系。曾去莫斯科大学社会科读书。1924 年回国，先后任国民党政府外交部条约委员会委员、内政部统计司司长、中央组织委员会政治组织研究会委员、新疆省政府委员兼民政厅厅长、陕西省政府委员兼民政厅厅长、国民党内政部部长等职。1949 年去台湾。

1

铎兄赐鉴：

惠书敬悉，无束缚驰骤之苦，轻装缓步，探幽寻胜，或登高以长啸，或临流而歌咏，如散仙，如野鹤，与自然同化。弟尝作斯梦想，惜艰苦之命安得享此清闲福？吾兄骨气秀逸，宜有此乐也，不胜神驰羡慕之至。此间困难有非想像所及者，惟有以公以诚，矢勤矢勇，沉着应付而已。张君（资格如何，请示）事俟被迫离职，各县长安置后，再设法借重，吾兄当能谅其苦也。地方紊乱不堪，至少须一年以上或可恢复。春旱成荒，近始得雨，群情稍慰。敬请

道安

弟彭昭贤敬启，五、一

2

铎兄赐鉴：

二日暨十三日书均经奉悉,感愧不可言喻。某公出洋一再展期,确系因病，而外间不察，谣议丛生，以致人心皇皇，大有山雨欲来风满楼之势。可见人在世上稍有地位，非特出处大节不可不慎，即一举一动亦不可忽也。

张君履历已交科登记，容相机借重，惟恐短期间尚难实现，因被迫离职人员犹有三十余名未能安置也。此间财政非无办法整理，惜谋之不臧耳。续君颇思振作，现亟求收支之统一，要看前途进行如何。吾兄学识丰富，正当有为之年，山水固可乐，而国民之责亦应及时尽之，不胜盼祷。敬请

俪安

弟彭昭贤敬启，五、廿二

四二、钱新之 2通[1]

钱新之（1885—1958），名永铭，字新之，以字行，晚号北监老人。原籍浙江吴兴（今湖州），生于上海。1902年入天津北洋大学学习财经学。1903年赴日本神户高等商业学校留学。辛亥革命后，在上海都督府财政部任事。1916年起出任交通银行北京总行秘书。1922年6月，任交通银行总行协理。南京国民政府成立，历任江苏兼上海财政委员会委员、财政部次长、交通银行董事长兼总理等。

1

铎民吾兄惠鉴：

久未通候，正深驰念。比奉手书，藉稔兴居畅适，为慰无既。守良兄[2]何时来沪，未曾知悉，其沪寓何处，容当访问。尊存守良兄处字画，如有受主，当向取出代售也。专先布达。并颂

春安

弟钱，二月廿四日（1947年）

1　均录自董婷婷《银行家朱镜宙的上海足迹——以上海市档案馆藏史料为例》，钱宗主编《朱镜宙诞辰125周年学术研讨会论文集》，线装书局，2015年版。

2　周守良（1892—1947），名邦新，温州人。毕业于北京大学商科，历任中央银行业务局副局长、中国实业银行常务董事兼总经理、瓯海银行常务董事等。

2

铎民吾兄大鉴：

久疏音问，正深驰系。令弟雄球兄以五月廿三日手书枉过，就审起居清胜，为慰奚似。承嘱代售林琴南画四条、莫友芝篆联一副、董香光手卷一个，拟暂存敝处，俟觅得主顾，即为售出。惟目下工商凋敝，百业萧条，有闲钱以从事书画者，几有凤毛麟角之感。诚如尊示所谓“货币日落，难以易米”，恐不易报命耳。率布一二，诸祈雅照不宣。并颂

曼茀

弟钱，六月十日（1947年）

附：朱镜宙致钱新之

1

新之先生左右：

久未通问，甚念。去冬守良兄去沪之便，曾托带去字画数件，请转交先生设法脱去，并一面函告先生，承复允为帮助，感荷无已。兹闻守良抱病在寓，恐未送上，请于便中饬贵价前往一取更好。一切费神，感谢之至。弟自回温州，健康渐复，惟不能多操神耳。敬颂

勋安

弟朱镜宙顿首，二月十九日（1947年）

2

新之先生赐鉴：

久未通问，甚念。弟自回里后，健康虽较前略胜，但不能多用脑力，否则辄觉不适，衰敝至此，可胜一叹。兹交舍弟雄球带呈林琴南四条（计八方）、莫友芝篆联一副、董香光手卷一个，拟请费神代为脱售，价请公平酌定，如能易金更好。因货币日落，难以易米也。一笑。敬颂

勋安

弟朱镜宙顿首，五月廿三日（1947年）

3

新之先生左右：

奉手教，知前托舍弟带呈各件均已收到，甚慰。处此艰难时会，一般生活均成问题，确系实情，拟请视因缘如何，倘能全部售去更好，否则或售去一二件，或无售主，全部便中寄还均可。即请斟酌，万不可勉强，至盼至盼。如有售主，价请全权酌定，但时局不定，币值或须下泻，倘得顾主，仍以早日脱去为宜。一切费神不安之至，统此鸣谢。敬颂

勋安

弟朱镜宙顿首，七月一日（1947年）

四三、若瓢　1通

若瓢（1905—1976），曾用名苦瓢，俗家名林永春，浙江黄岩人。1918年，因病在天台山国清寺出家受戒。1930年，任杭州净慈寺副寺。1937年来沪，入七浦路吉祥寺。1961年，为上海市文史馆馆员。

铎民大居士惠鉴：

来翰及佳什读之快甚！经明师即和二章，瓢勉为二绝，并呈是正。古籍寄寺当择室宝藏。明日两浙文献展览会开幕,搜集佳品甚多,居士盍兴乎来预?柏红芦白作清秋。伏维

珍摄

若瓢顿首

所摄之照具被佣人走光，可惜！尚有一帧可志一爪，并附奉。

答铎民居士即和元韵

霜红柏叶宋家陵，霞客谈空契上乘。芋火初残人自远，一湖秋水照闲僧。

探桂香残访复三用前韵

天香细细散邱陵，经塔风铃说大乘。一水一山皆妙谛，烟霞老去在家僧。

录呈正是。

若瓢未是稿

四四、邵力子　10通

邵力子（1882—1967），初名景奎，字仲辉，又名凤寿，进校改名闻泰，笔名力子，绍兴人。曾参加同盟会，参与创办《民呼报》《民吁报》《民立报》等。历任黄埔军校秘书长、中国公学和复旦大学校长，甘肃省政府主席、陕西省政府主席等。中华人民共和国成立后，任全国人大、政协常委等职。

1

铎民先生伟鉴：

大著早于报端奉读，兹承见寄，当与各同志共赏之也，所望于教育界各端洵足为收拾学风之助，但恐行之非易，校长固难于物色，学生秘密加入党派亦无从干涉。弟意本党能团结一致，不授人以隙，则自可徐图补救耳。先生尚有暇作文，甚可佩，盖多发挥专篇，以促各方觉悟。匆颂

大安

弟力子上，十二、十六

2

铎民吾兄大鉴：

顷接快函，即经面呈总座，初时总座似稍踌躇，寻云："请你与子文一谈罢！"现弟拟明日午后二时亲自往访子文部长，告以奉总座之意，结果如何，

当再奉达。总座赴沪、宁检阅期似不甚远，兄如拟来京，能略提早为妙，否则不如在沪谒谈也。专此奉复。并颂

伟安

弟邵力子上，十二月三日

3

铎民吾兄惠鉴：

得手书既慰且念，渝内途中辛苦情况未承详告，但因而旧疾复发，且缠绵颇久，则尊体显尚未可劳顿，自以充分休养为宜。下月来渝未知有何计划？以弟观之，渝地嚣杂甚于蓉城，目前各方面亦难作具体进行，交通工具缺乏，气候犹寒，似不如在蓉小休两三月，兄以为然否？即颂

健康

弟邵力子拜启，一月十九

4

铎民兄大鉴：

新岁惟动定吉祥为祝。弟前月廿四返省，此行受闽变影响，所商结果何时实施，殊未可知。中央现极注重通新疆之公路，弟意必力争应由陕甘通新，勿以绥远之线为满足。此在国防上与陕甘前途，皆应如此想，兄必以为然也。甘省禁烟局闻未实行改组，未知在联运方面已否开始筹备？张笏香兄前月中旬赴武汉磋商郑州减税及华北推销事宜。陕对甘货增收三分，此间各方争持甚力。弟不得不为转请想邀鉴谅，以后税收果增，当可再商也！

舍侄承维持至感，据其报告能超过此额，希随时督教之为幸。此颂

政祺

弟邵力子手启。廿二、一、三

5

铎民吾兄大鉴：

献岁发春，理可小休，值此时艰，想贤劳如故，至以为念！其湘兄来函谓农民银行不易成立。兄拟请其办征榷之事，嘱弟向一民主席一言，已于本日长函中附及。兄之笃于友谊，此间友人多相称道，所虑环境困难耳！弟近状可询时钦兄。兹不赘述。此颂

政祺

弟力子手启。二、十三

6

铎民兄惠鉴：

迭接手书，备审艰苦奋斗之状，因深知张、于两公均有定见，不为浮议动摇，未以寻常酬应之词奉慰，今果障翳尽除，可喜！

南岳岩世兄未到长安，已将盛意告知其母，如日内到省，当令即来兰州。兄如此奖掖后进，推爱屋乌，深用佩感。尊体有何不适？至念！尚希珍摄。此颂

政绥

弟邵力子启。二、廿八

7

铎民兄道鉴：

廿八日手书奉悉，舍侄元济得隶帡幪，重承垂念，实深铭感！其所述三女夭殇各节，自属实情。惟其家况清贫，子女众多，亦未可一日无事。此时

谋食至难，果其陈舆情融洽，收数无亏，考核属实，自仍不许其辞职为宜。即希尊裁为幸。此颂

政祺

弟邵力子手启，七、三

元济原信附还。

8

铎民吾兄惠鉴：

手书诵悉，此时为人谋事固甚困难，而为事择人却亦非易。兄所需人选，弟颇觉难于报命。有一二友人尚可及格，均有事难摆脱。偶思及同里马可兴本诗君，旧学尚有根柢，公牍亦有经验，在陕禁烟局任秘书，嗣出办税差，近闻闲居长安，如兄欲招其相助，弟可去电邀之。惟交通困难，当稍稽时日，不知于公务有妨碍否？希示。倘另能得人则甚佳也。此颂

筹祺

弟邵力子拜启，十、廿二

9

铎民仁兄惠鉴：

接展手书，藉审种切。升三兄实因久病，医嘱休养，弟难觅妥友继任。始以奉商，且经商陈，委座准许，务希勿再言辞。如不能长时间相助，亦望暂为帮忙，何日命驾来陕，并望即示，愈早愈好也。此颂

日祺

力子手启，十一、三（1936）

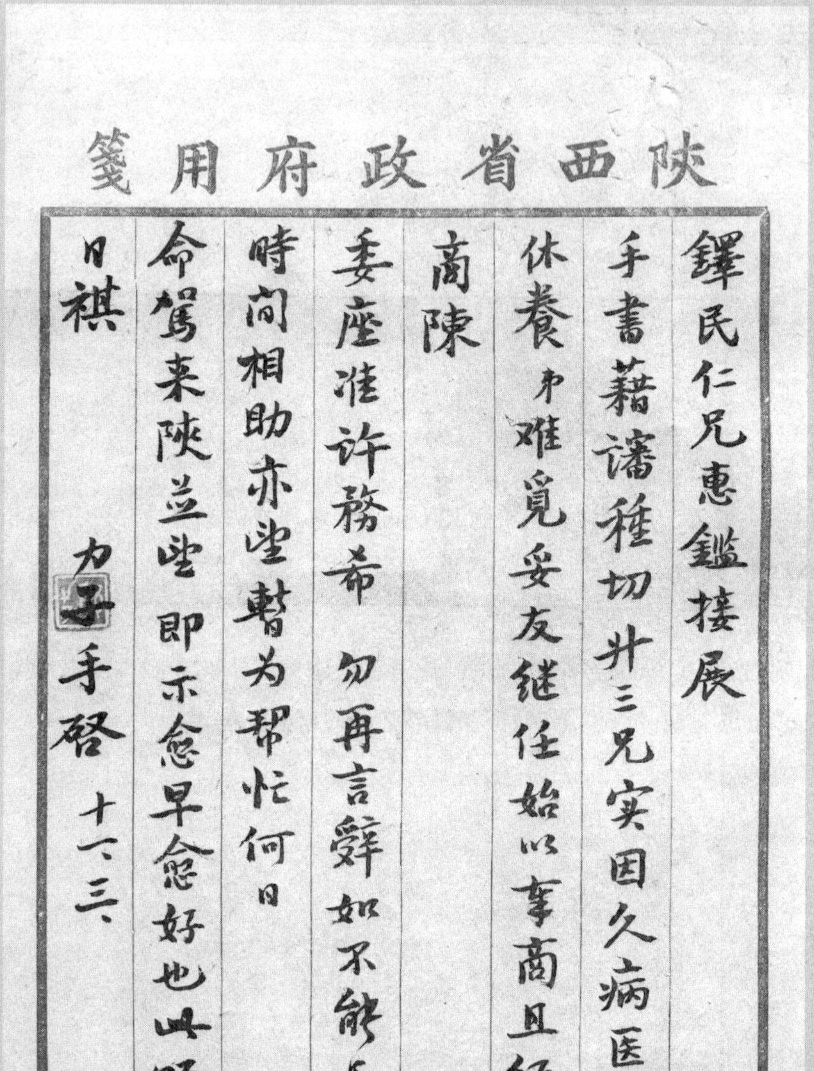
陝西省政府用箋

鐸民仁兄惠鑒接展
手書藉讅種切廾三兄實因久病医囑
休養弟难覓妥友继任始以事商且經
商陳
委座准許務希 勿再言辭如不能長
時間相助亦望暫為幫忙何日
命駕来陝並望 即示愈早愈好也此頌
日祺 力子手啓 十一、三

邵力子1936年11月3日函手迹

10

铎民吾兄惠鉴：

接五日手书，甚慰渴思！独山失而复得，固不敢谓危机从此解除，但总可给予吾人以集中兵力之时间。领袖曾诏示昆明、重庆，在所必守，此间亦绝无作避难之准备，以言避难，非只兄以体力关系不作此想，任何人皆有避向何处之感想，惟坐以待毙，决无此理！

此外尚宜多从事于救亡御侮之工作，如慰劳过境国军，融和主客，提倡大义，尤为首要，如鼓励青年从军，均为应做之事。万一敌寇竟窜入川省，则壮健者宜从事游击（川省地形物产皆最适宜于此）。病弱者暂向乡僻疏散，亦不患无生路。但总期能阻敌于川黔以外耳。有两三月时间世界大局必更于我有利也。令爱入复旦系破格，但闻其仍拟回蓉。此颂

健康

力子手启，十二月九日（1944）

四五、邵元冲　3通

邵元冲(1890—1936),字翼如,浙江绍兴人。同盟会会员。1912年任上海《民国日报》总编。1914年加入中华革命党。1919年赴美留学。1924年任国民党中央候补执行委员、《民国日报》社长等职。1928年任广州政治分会秘书长。后历任国民政府委员、立法院副院长等。

1

铎民吾兄惠鉴:

日前奉扰，深为感谢！弟定明日飞航赴宁夏，其一部分人员及行李径赴西安相待，惟西兰路需要现款数尚不足，请兄暂假肆佰元，以付来价（如便，则请交许君[1]带下，否则，明晨再取亦可），其款是否仍汇还兰州或何处，均请面告许君为荷。率渎。并颂

夕祉

弟元冲顿首，廿四年七月三日

1　指邵元冲的随行秘书许师慎。著有《国父革命缘起详注》《有关清史稿编印经过及各方意见汇编》等。

2[1]

铎民吾兄大鉴：

在兰晤教甚快。别后由宁夏转包头、绥远、大同，至太原返京，沿途平顺，足慰雅念。抵京后即函询李拔可兄，以《丛书集成》优待折扣之数得复后，即将专款三百九十一元汇去，兹已收到预约券，特将访券奉上，其上次惠假四百元之尾数九元，亦由邮局汇寄，到后均盼赐复为幸。在兰屡次奉扰，并贻珍品，徒有□□而已。洮河绿砚材，将来有便，烦代购数方，以不雕刻龙凤等，愈质朴愈妙（质较细者），其价当续奉也。专此奉候。并颂

近绥

弟元冲□□，廿四年八月十四日中原

一民兄及诸友均候。

3

铎民吾兄道鉴：

八月下旬曾由航空快函寄上《丛书集成》预约券一纸，又尾找数元，合成肆佰元之数，乃至今不得复书，甚以为念！该函如果遗失，则宜乘丛书尚未出版之时，可向商务书馆挂失也，如何？盼以航空函见复为盼！并颂

近祺

弟元冲顿首，廿四年十月十二日

---

1 录自卢礼阳《邵元冲笔下的朱铎民》，钱宗主编《朱镜宙诞辰125周年学术研讨会论文集》，线装书局，2015年版。

四六、沈钧儒 2通

沈钧儒（1875—1963），字秉甫，号衡山，原籍浙江嘉兴，生于苏州。光绪三十年（1904）进士。1905年留学东京私立法政大学。1908年当选浙江省谘议局副议长。中华人民共和国成立后，历任最高人民法院院长、全国政协副主席、全国人大常委会副委员长和民盟中央主席等职。

1

铎民吾兄大鉴：

久不晤教，驰忆良殷。弟等于去岁因怵国难日深，竭诚呼号奔走，以致因嫌被罪移苏，羁押五月有余。所有经过情形，吾兄关垂素切，谅已详知，无俟多述。最近荷各方友好热忱疏解，中央党部暨政府当局闻渐予谅察，弟等抚衷自省，素未反对中央，并尤愿在中央领导之下，继续努力抗日工作。本案虽业经起诉，个人绝无怨尤，耿耿之私，但求于国有利而已。力子先生多年交契，于近事容有未明，拟恳左右赐允赴京一行，代向说明一切，无任感企！余嘱大小儿面罄。专布。敬颂

春祺，顺祝

潭福，不尽万一。

弟沈钧儒顿首，五月五日（1937年）

乃器[1]兄嘱笔问候如上。

1　指章乃器。

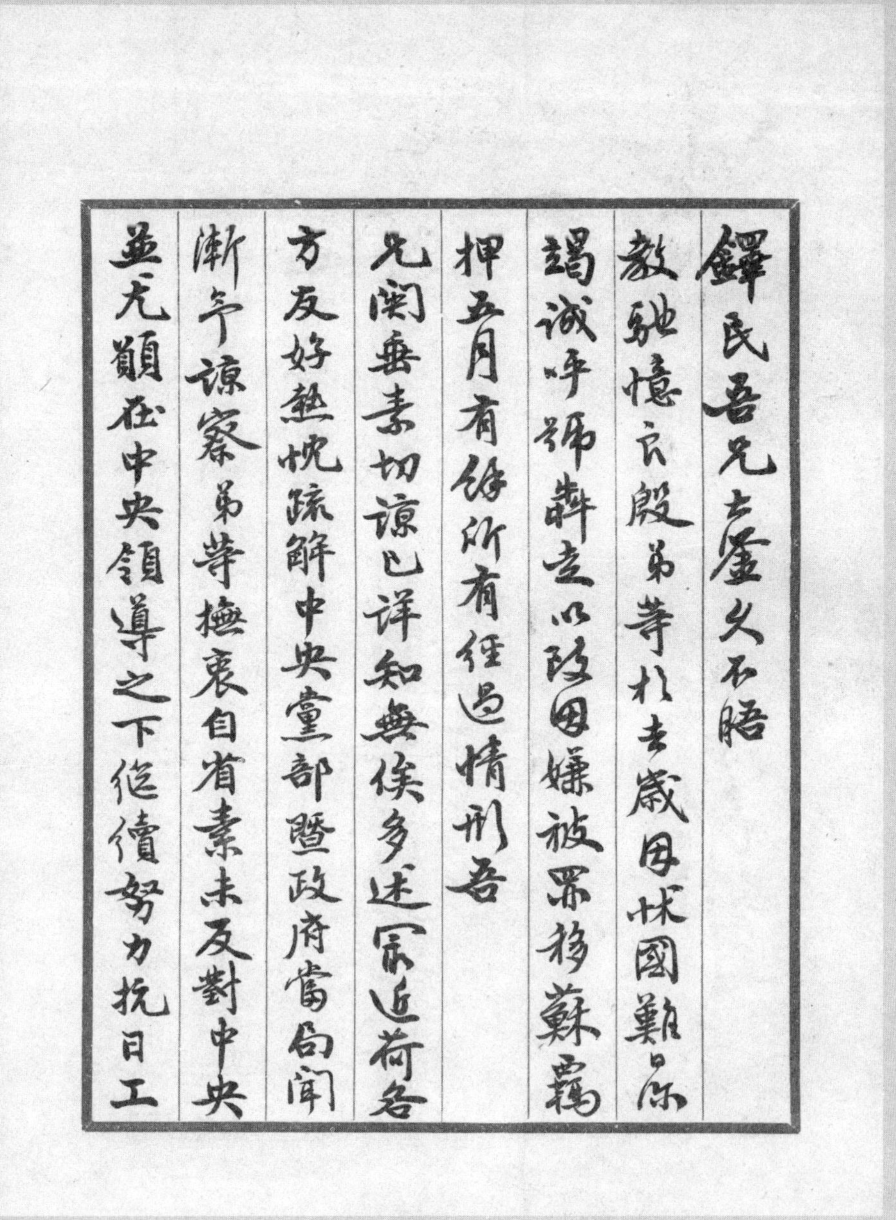
鐸民吾兄左右：久不晤
教，馳憶良殷。弟等於去歲因救國難，盡
竭誠呼籲，竟以致因嫌被罪，移蘇羈
押五月有餘，所有經過情形，吾
兄閱無素，切諒已詳知，無俟多述。最近荷各
方友好熱忱疏解，中央黨部暨政府當局聞
漸予諒察。弟等撫衷自省，素未反對中央，
並尤願在中央領導之下，繼續努力抗日工

沈钧儒1937年5月5日函手迹（一）

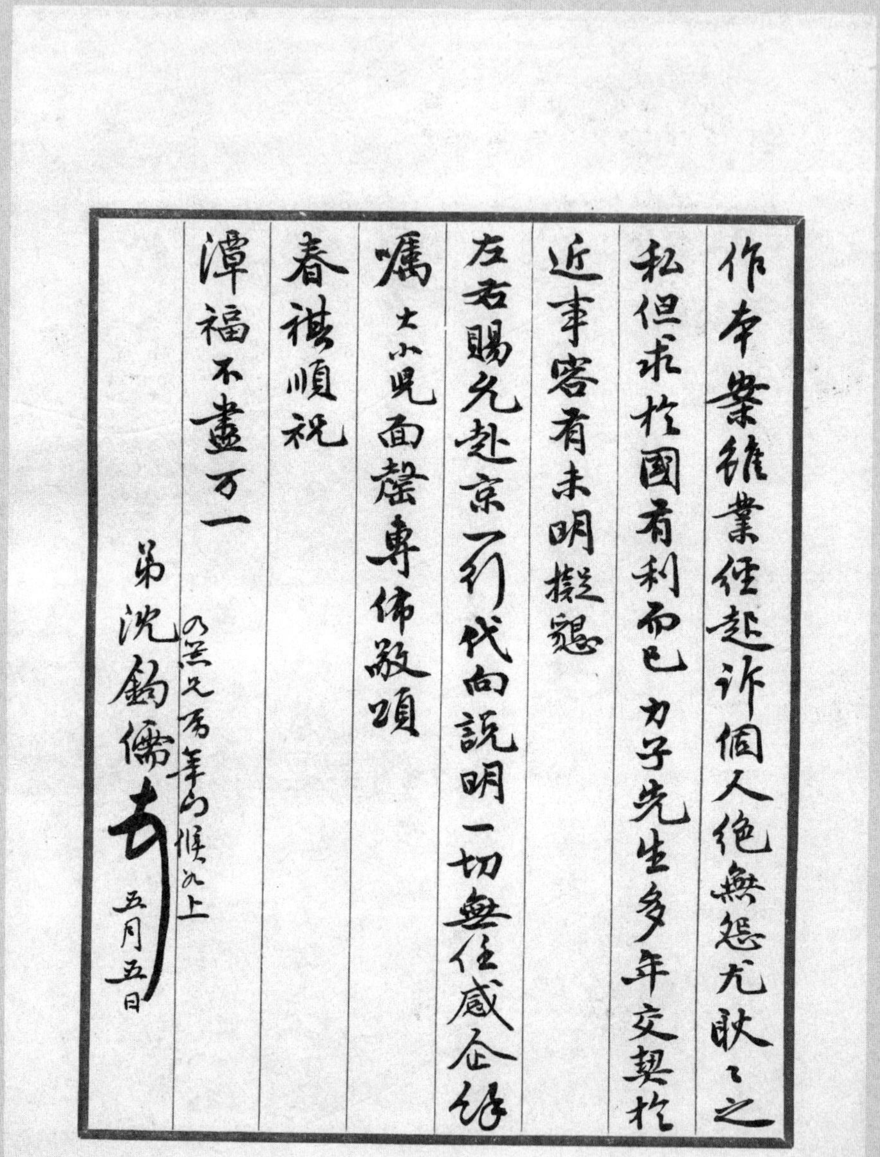
作本案雖業經起訴個人絕無怨尤耿耿之
私但求於國有利而已 力子先生多年交契於
近事容有未明擬懇
左右賜允赴京一行代向說明一切無任感企餘
囑大小兒面罄專佈敬頌
春祺 順祝
潭福 不盡万一
弟沈鈞儒手
乃器兄囑筆附候又上
五月五日

沈钧儒1937年5月5日函手迹（二）

2

铎民先生大鉴：

奉示快悉，嘱题陈石遗先生稿件，自当濡墨以待。兹遣施庆恩趋叩阶前，其人极忠实可靠，委以事亦努力，务希推爱录用为幸。专此。敬颂

筹祺

弟沈钧儒顿首，二十九日

四七、沈沅　1通

沈沅，事迹待考。

铎民吾兄先生：

叠奉惠示，敬聆种切。吾兄大才檠檠，久所钦佩。此次得任闽行襄理，行当大展所长，为吾行造福。远隔燕京，惜未能到南一睹鸿猷耳！

新索取《调查录》，校对需时，至今尚未印出，京华书局罔不得辞其咎。一俟印出，即当送寄廿本不误。手请

公安

弟沈沅顿首，十二月廿八

此次星期报告已付印，嘱更改之处恐来不及矣。

四八、沈尹默 3通

沈尹默（1883—1971），原名君默，号秋明，又号闻湖蘧庐生，浙江湖州人。曾任北京大学中文系教授、河北省政府委员兼教育厅厅长，中华人民共和国成立后任上海市文物保管委员会委员、中央文史馆副馆长等职。

1

铎民先生左右：

《太夫人志铭》今日始有暇写就，不审合式否？如觉过小，当为更写一通也。原稿奉缴，希目入为荷！余续布。专上。即颂

起居

尹默拜启，三月廿二日

2

铎民先生左右：

顷接手教，并国币壹千元支票一纸，拜领感谢！改书六字寄奉，可不必划格，挖补时但去字留线，将新字嵌入空处即得也。洗画卷遵嘱暂为保藏，如有便人来，可即取去。先德碑文近日写就即送上。此复。即颂

道祺

尹默再拜上言，十日

3

铎民先生道右：

兹奉手教，并汇款陆千元已收讫，谢谢！嗣因连接来示，一时未敢下笔，遵示通通作复，所劳遵注，歉仄歉仄！兹据前复改正文稿，写就寄览，不审合意否？所属别一文，旬日内亦可书奉，勿念为荷。冼画已题好，遵嘱交注，不致有失误也。余续白。即颂

道安

尹默再拜，卅一日

四九、孙世扬　1通

孙世扬（1895—1947），字鹰若，海宁人。黄侃入室弟子，章太炎的再传弟子、秘书。

铎民先生左右：

扬为强力受伤而吐血，养病期月未痊，猥蒙溥老垂今，更辱先生书问，不任感荷。蒲柳之姿，自分一卧不复起矣。承教以读佛经，止念虑而存精神，苟得延其残喘，敢忘救命之恩？特此答谢。敬候

起居

四月十九日，世扬拜上

五〇、孙宣　1通

孙宣（1896—1945），谱名延聂，字公达，浙江瑞安人。曾于北京大学就职，任蔡元培校长室秘书兼《北京大学月刊》事务员。又曾从桐城马其昶学，为“马门三杰”之一。1919年在徐树铮幕，随其出使库伦。1929年应张伯英之邀，出任《黑龙江志稿》编纂。1933年初应王蕴章之邀，在上海正风文学院任教。1935年后在甘肃财政厅任职。著有《朱庐日记》《朱庐文钞》《朱庐笔记》等。

铎民尊兄厅长左右：

漾电奉悉，顷诣柏队长珩，据云队车现归主座调遣，但得电示，自当拨车，一俟箱件到时，便即装运。至于油费，坚言不受，可繇队报销，唯押车员兵照例日给伙食云云。

宣前闻公路局员言：每车行程四日用汽油十五箱，百八十元，又机油五十元，则此数车即给油费亦不过千三四百元，视商车较省也。可否之处，祇候裁示！敬颂

大安

弟宣顿首上，廿四日

五一、孙延钊 3通

孙延钊（1893—1983），字孟晋。孙诒让之子。毕业于北京法政专门学校。历任北洋政府盐署科长、温州籀园图书馆馆长、浙江图书馆馆长、浙江省通志馆总纂、浙江省文物管理委员会委员、浙江省文史馆馆员等。著有《瑞安五黄先生系年合谱》《孙逊学公年谱》《孙征君籀庼公年谱》等。

1

铎民先生厅长大大鉴：

教悔积思，欣承况毕，敬谂政祺休畅，式洽颂私。辱荷委垂操翰记室，葑菲不弃，远道见招，自省佝庸，感惭交集。本当谨遵台命，趋备驱策，惟弟年来补读楹书，抱残拾坠，缮校粗毕，梨枣未蒇，赓续需时，暂难脱手。左右思维，意拟转荐舍侄师觉[1]，代恳鸿施。舍侄久从弟游，颇资臂助。窃喜其新旧晐贯，才知并佳，论撰粗能，笔札必茂，频岁浪迹东南，贞晦、溯初[2]诸贤尝为延誉，尚无毨毲不舞之讥，用敢冒渎清听，仰乞推爱栽植。倘蒙畀予斯席，似能胜任愉快。履历附呈，肃候衡量。如赐俯允，幸惠电音。复请

勋安，伏惟荃察不儩。

弟孙延钊敏上，五月五日

---

1 孙师觉，字演万，瑞安人。孙延畛次子。北京法政专门学校经济科毕业，在北京盐务署、南京交通部等任职。

2 贞晦指刘景晨，溯初指黄群。

2

铎民先生大鉴：

前岁从者返瓯，匆匆晤教，未尽所衷。比闻迻长总行，想画筹益展，潭祉增绥，式符私祝矣！

尊假敝藏《李诗选注辨疑》不审已未毕录其副，能早赐还，窃所企幸！弟伏处累载，无善足陈。近作《先君年谱》十卷草稿粗具，拟即走沪，就太炎先生是正，未悉太炎先生是否在沪，现寓何处，敬乞示知。以月前曾寄一书于同孚路同福里十号，尚未得覆，恐中有浮沉也。专此布上。祇颂

台安

弟孙孟晋谨敏

3

铎民先生执事：

奉读惠毕，敬承一是。杭州图书馆征藏古甓，前年曾由馆派张君伯岸[1]来舍晤商，惟鄙意拟将数百万全部移储，庶俾世人具见温州历朝砖文沿革之详，而彼则虑运输不便，故谈而未妥。现在旧事重提，但望馆方俯纳前议，鄙人当无不乐仰赞厥成也。顷绎来示，有专辟一室庋藏之语，则统行运往，尤私心所窃企矣！此举实系省郡文献，似不徒为一人一家留其纪念而已，高明以为何如？专泐覆陈，即希察鉴，傥荷转洽，幸甚幸甚！顺颂

台绥

弟延钊谨上，四月三日

1　指张之铭（1872—？），号伯岸，晚号豚翁。浙江宁波人。曾游历日本。民国藏书家。

五二、太虚　2通[1]

太虚（1890—1947），法名唯心，字太虚，号华子、悲华、雪山老僧、缙云老人，俗姓张，名沛林，原籍浙江崇德（今桐乡），生于浙江海宁。近代著名高僧。

1

铎民居士慧鉴：

惠书览悉。所提可纠正偏失，甚佳！佛法诚以众生为对象，然中国佛徒旧习，济救鬼畜，漠视人群罪苦之化度，于佛出人间、佛身同人、佛说"人身难得"、古德云"端心虑，趋菩提者，唯人为能"等义，致成偏失。佛教于人群失其重要性，重人事者亦轻佛教，为近世佛教衰落之要因。乃证明佛对一切众生，尤以度众生中之人类为先务，世出世善法之进修以人乘为初步，因为对治。激而过者，起佛法以人为本位倾向，甚而唱言人本主义，陷佛法于世教俗学之浅狭，忘佛法对一切众生之深广立场，亦成偏失。正两端之偏失，彰一贯之中德，已发其机于门弟子所集之人生佛教。人乘重戒善，天乘基戒而重定，出世三乘基戒定而重慧，戒、定、慧亦视乎当此而已矣。病废不能多运思走笔，略而未详。复讯

法喜

太虚启。四、二十七

1　见《太虚大师全书》第17编。

2

铎民居士玄览：

昨晚得长笺，未能尽读，今晨始阅之毕，为法殷勤乃尔，能不力疾略答乎！一、于“常途知见”一言，从飏落知见为说，非吾此言意。法华唯为开示悟入佛之知见，佛之十号一曰正遍知，八正道之第一曰正见，知见其可轻欤！知见非一类，有圣真，有凡俗，吾此言意在“常途”二字。“常途”一词亦唐贤常用，指习常通俗之途；而彻真或切要之特见，每多殊胜，故未可据常途之解概之耳。二、“方便”一词，解亦欠彻。孔子云：“可与适道，未可与权。”盖必透彻乎道而活用乎道，乃可与权。权即方便也。维摩曰：“无方便智缚，有方便智解。”大日曰：“方便为究竟。”法华曰：“以方便力故为五比丘说。”十度之第七曰方便波罗密。自行化他，皆有事乎方便，吾所谓适切时机之要旨，亦存乎方便耳！三、“乘”字义，以佛法为运达究竟言，唯一佛乘，则二乘亦不得为乘；顺众生机，先运载达所欲达之地言，则缘觉、声闻固与佛乘并称三乘，而五戒、十善、八次第定，运载出四恶趣而住，《人》《天》《深密》等经，佛亦说人乘、天乘，与三乘并说为五乘；以乘为出世善法，天乘、人乘为世间善法，同有善法之运载用耳。佛之说法，非但为出家比丘说，亦为一般人说。其为一般人说，皆先说施论、戒论（五戒、十善等）、生天之论。遇有胜根，乃为说出世法，非如后师动不动为说大乘也。亦正唯明二乘而后说大乘，乃显大乘之胜；明人乘、天乘而后说出世三乘，乃显出世三乘之胜。正唯不明人天乘乃儒道混，若知儒人乘而道天乘，犹为世间善，而出世三乘乃唯佛为胜耳。

宜办者一至宜办者十，与商榷者一、二：大抵为向所倡言而施行尚艰也。商榷者三、四：缅甸、暹罗、锡兰无大乘经咒，咒音今闻有正以□□□者，但今已有习梵文者，当正以梵文耳。抗战起后，中国佛教会随京、沪沦陷而停顿，陪都迄未能复立。兼之组织未健全，议行亦时捍格，吾以聊尽吾心而已。吾之所说，亦非专为缁流而说，为缁徒说者每多未布文字，布之文字者大抵为一般人说。其中自多鼓励白衣弟子为之者，尝病白衣好谈习缁流事，而缁流又趋习白衣事，不能各随其分宜而精进。居士盍亦力行居士所应行事，并力为诸居士阐说居士所应行事而共策励乎？缙云山居尚佳，暑热渐增，惟珍卫！

太虚手启，六、二十六

附：朱镜宙致太虚

1[1]

太虚法师慈鉴：

奉手教，知得有海外之行，曷胜欣羡！大德为法求了生死也。镜宙仍在生死知见中，断断不舍，去道日远，何精进之有！远荷奖进，益当自励，以期无负循循善诱之意耳。前接法舫上人书言四十五岁剃度，大背戒律！当报云，改革佛教，意在起衰振敝，自应以佛言为依归，否则彼一是非，此一是非，不啻治丝而紊之也，乌乎可？自惭为道日浅，所见未真。上人学迈时贤，倘蒙时加启迪，为幸良多。去国有期否？羁于尘俗，不获趋别，怅结何如？伏惟为道自摄，不宣。敬请

禅安

朱镜宙上，十，二十六

1　录自《佛教通讯与佛教新闻》，朱有发先生提供图片。

2[1]

太虚法师慈鉴：

奉读手诲并佳什，欣悉驻锡南泉，游心山水，以视尘俗，真有人天之别矣。雪□诗债至今未了，另呈写呈乞赐政！子宽前函有不了了之说，证以三世因果之论，不容不了，不能不了，必致了无可了而后方能了，质之上人，以为何如？敬请

禅安，子宽兄均此。

朱镜宙敬启，十二，十九

3[2]

太虚大师尊右：

奉二月二十七日手谕，奖借有加，愧勉交并，承示各节，尚有待于诠释者。尊函云中国佛教徒旧习济救鬼畜，漠视人群罪恶之化度。窃谓鬼畜同为众生之一，以大乘佛法言，应平等救济，不能于人群之外别加立异，否则辄不能圆满大悲，自亦不能目为菩萨。《金刚经》云："若菩萨有我相、人相、众生相、寿者相，即非菩萨，所以者何？须菩提。实无有法发阿耨多罗三妙三菩提心者。"大师昔曾自署太虚，菩萨应以平等心悲悯众生，视同一子，心平等，故则能成就圆满大悲，以大悲水绕益众生，故则能成就阿耨多罗三妙三菩提。只要大师心能平等，则鬼畜、人群之见自可不立。至中国佛徒，或梯山而驮经，或航海而求法，或为棒喝，或宏净土，或登狮子座而怒吼，或为头陀行以示范。凡此云云，无一非化度人群，何鬼畜之有？即大师仆仆风尘，苦口婆心，宏

1　录自《海潮音》第 19 卷第 12 号《通讯选录》，朱有发先生提供图片。

2　录自《瑶川朱氏宗谱》，朱有发先生提供图片。

法数十年，宁为鬼畜？亦曰人群而已矣。然则漠视人群云者，其言未免过当。推大师之心，以为今日寺宇超荐与茹素，皆为济救鬼畜之表示，如然，此则中国故有文化道德之咎，非佛徒之罪。夫养生送死，慎终追远，历代明君贤相、正人君子所朝夕劝勉、互相砥砺者也。由此文化发展之主流以与佛教相配合，乃有今日超荐之事。此在佛法言，为方便摄引；在世法言，乃人子之常情。均未可厚非。且与大师年来殷殷倡导服务人群之趣旨，互为表里，更不应以此相难。若夫淄流之应茹素，凡稍明佛法者，决无加以詈疑之理。大师博通三藏十二部，更毋俟镜宙之喋喋为也。

尊函又云：佛教对于人群失其重要性，重人事者亦轻佛教，为近世佛教衰落之要因。此义亦有未圆，佛法与其他宗教本异其趣，佛法虽不离世间觉，顾其所觉觉，世间法是无常觉，世间法是苦觉，世间法是空觉，世间法是无我觉，涅槃是乐。佛法完全建立于此种基础之上，因此基础思想所构成之理论，其发展之结果自然而然轻视人生现实生活而重心灵之建设，所谓常乐我净之真如法性，只能在无为法中显现，不能期之于有为法之器。世间世界以有为法，皆属因缘生灭，无论如何追求，如何美满，刹那即归消灭。职是之由，佛法对于现实人生生活以少欲知足为戒，此与中国故有文明适相符合。西方宗教于无常、苦、空、无我之义，未尝梦见；轮回之说，尤为茫然；因缘生灭之理、常乐我净之义，更未前闻。彼认无常为常，认苦为乐，认四大假合为我，执迷不悟，以假为真，因有万物皆上帝为人类而设之谬说。万物既为人类而设，则人类对之即有牺牲万物而满足个人欲望之权利，此与东方文明知足常乐之戒适得其反。顾生物有限，而人生之欲望永无满足之时，因而有斗争，斗争之结果必有胜负，于是而“物竞天择，优胜劣败”之说以起，而所谓上帝之天使者遂亦一变而为帝国主义者之走狗，天使所到处即国际间牒〔谍〕所到处，于是救人之宗教反为杀人之导火线。以佛法眼光观之，此辈皆恶魔也。欧洲之大屠戳〔戮〕，西方卑狭浅劣之宗教，应司其咎。日本佛徒不察尤而效之，日本之佛法名存而实亡，日本国家、日本人民亦皆同遭空前未有之浩劫，终将自底于灭亡。中国佛徒倘不以欧洲、日本为前车之鉴，又从而效之，中国佛法前途之命运当亦可想而知已夫！

佛法对于人群失其重要性，此乃众生业重福薄，自然之结论。佛法为何而有正法、像法、末法之分？为何佛法仅能住世一万年，即归消灭？非如其他宗教永住不灭，以自欺欺人。为何人寿由八万岁减至十岁？如能稍加思维，则佛法与人群未来之关系不难得其梗概，然则为佛徒者即可坐视众生而不一思援手乎？曰，是又不然。《华严经》云：虚空界尽，众生界尽，众生业尽，众生烦恼尽，而菩萨悲心永无有尽。其道奈何？曰尽其在我而已矣。非佛所说，是为魔说，则不说；非佛所行，是为邪行，则不行。三法印，佛法精神所寄也，宜守之勿失；佛灭度后，戒吾师也，宜则之不替。诚能如是，世孰敢而轻之？

然而今之佛徒则异是，上焉者，党同伐异，互争正统，名闻恶其不归于已也，利养恶其不出于身也，贪瞋疾慢嫉，无所不用其极；次焉者，街头巷尾，烟笛横吹，茶坊戏院，出入无禁，衣冠不严，戏谑无忌；下焉者，嫖赌烟酒，放僻邪侈，无所不为。以视天主教徒之修道士整齐严肃，目不邪视、口不胡言，不啻有天人之别。如此秃比丘，镜宙以纯佛徒之地位视之，已不胜其嘘唏感慨，而欲求世人之重视，得乎哉？夫沙门者具三千威仪、八万细行，人中之雄、众中之尊也。今者狮子之毛遍身是虱，去死不远，一如佛记，当此之时，其有悲心独运，扶敝起衰，宜以正知正见，从僧界自身做起。行远自迩，登高自卑，此理千古不易。倘或弃近求远，舍本逐末，甚至以无常、苦、空、无我之佛法涂粉抹脂，以与从事斗争之外道角一日之短长，人步亦步，人趋亦趋，非仅不能重振佛法，正恐适得其反。昔者灵岩印光大师持戒不阿，卒能慑伏敌酋，屈膝就教，孰谓重人事者必轻佛教哉？人必自侮，然后人侮之，要必吾徒先与人以可轻之机会，然后人敢而轻之，佛教衰落之因实在此而不在彼。

大师博学多闻，世罕伦比，登高一呼，四山皆应，务望本以身殉道之旨，一以正法眼藏，启示后生，使浇漓之风一归于正，正法久住，即在其中。大师于镜宙有接引之恩，用敢不揣愚戆，抒其一得之见，即以报大师者，以报佛恩。倘蒙鉴其愚诚，恕其梗直，幸甚幸甚。敬颂

法乐

朱镜宙和南，四月卅日

五三、谭人凤　1通

谭人凤（1860—1920），字有府，号石屏，晚年自号雪髯，人称谭胡子，湖南新化人。1911 年，与宋教仁、陈其美等在上海组织同盟会中部总会，任总务干事、总务会议议长。中华民国成立后，出任长江巡阅使等职。1913 年，参加二次革命，失败后流亡日本。1915 年回国参与护国战争。后又参加护法战争。

铎民仁棣：

叠接手书，具悉京中状况，愚谓政潮决无宁日，空谈救国，复何裨益。况现置身政界者又多争权攘利之徒，常存“好官自我，亡国由他”之见，欲其不亡，岂可得耶？鄙人数月前主张必俟根本解决，始戢干戈，无如世人不听，酿兹纷扰，自今观之，不幸言中，我愁实多。

郑君前以家事返闽，不日当可抵沪。来日且欲晋京之黄君天评，昨经旋里，何时来此，不能预知。秋高气冷，尚乞为国珍卫。复叩

道安

谭人凤启，十月七日

五四、谭延闿　1通

谭延闿（1880—1930），字组安、左庵，湖南茶陵人。光绪三十年（1904）进士。辛亥革命后，历任南京国民政府主席、行政院院长等职。

铎民先生左右：

奉书敬悉，太炎先生亟思一见。此番牵率人事，卒卒未暇，下次来时，当诣之也，幸为致声。属件已写，乞遣人来取（因家人不知尊寓所在）。此请

大安

弟谭延闿顿，十二月十一日

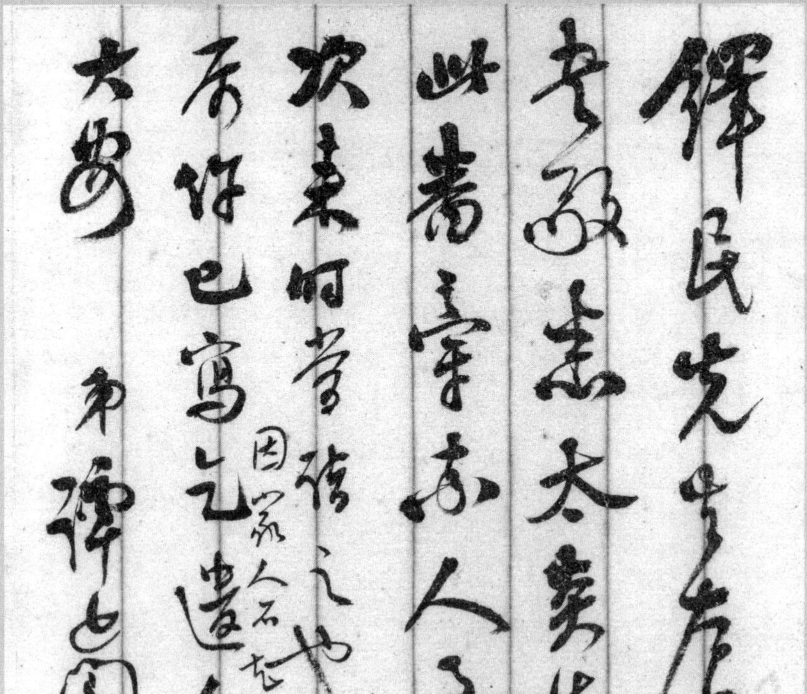

谭延闿函手迹

五五、汤涤 2通

汤涤（1878—1948），字定之，小字丁子，号乐孙，江苏常州人。中年长居北京。善山水、墨梅、竹、兰、松、柏，用笔古雅，所作浅绛山水尤为精品。书法初工北碑，后攻汉隶，见重于时。

1

铎民先生阁下：

前示奉悉，并收到兴业汇款一百二十元。《咏莪堂图》与梅花四条已于本月六号交与淼生兄转寄，想已收到矣。入夏想兴居佳适为念。专此。敬颂

旅安

弟汤涤顿首，六月十八号

2

铎民先生大鉴：

夏间奉手示并洋二百元，阁下真太客气矣。尊公墓志系太炎先生所撰，有拓片，拟请检寄一份，俾画图时有所依据也。桂林及珂乡，弟均未到过，惭愧惭愧！今岁画事特别繁忙，至今扇头债务尚未偿清。尊图只好俟暇时为之也。前复一函，不知得达否？专颂

客安

弟汤涤顿首，九月六夜

五六、汪东　3通

汪东（1890—1963），原名东宝，后改名东，字旭初，号寄庵，别号寄生、梦秋。江苏吴县（今苏州）人。早年就读上海震旦大学，1904年留学日本。参加同盟会，任《民报》编辑、主编。1913年，任北洋政府内务部佥事。1925年，任江苏省长公署秘书。1930年，任中央大学文学院院长。曾于1938年改任国民党政府监察院监察委员，1947年任国史馆修纂。1954年起，先后任苏州市政协副主席、江苏省政协常委、民革江苏省委员会副主任等职。

1

铎民吾兄足下：

两奉赐书，具审政况除弊一端，已足为民造福，身劳心泰，何乐如之！赠诗因循未就，既缘事繁，亦苦思竭，拟篆书一联聊以将意，未知许塞责否？明春假归，仍乞过我当面奉也。专复。敬颂

公绥

弟汪东顿首，一月十六日

2

铎民尊兄足下：

南泉监试归，纕蘅出示手札并大作二首，服玩无斁。官有东阁之清，地

据西州之胜，播诸吟咏，传诸丹青。昨唯自纪游踪，并足为此邦添掌故矣。《斗茶》一编脍炙人口，东近来诗思蹇涩，且苦其韵，故难奉和。他日得展名手所图，或能以小词点污之。《学林》第二册即将印成，必由社中径寄，盖此时印刷艰难，稽久之责，不在编辑也。闻尊夫人将由沪来渝，未审何时可到，乞随时示知。余不一一。专候

起居

弟汪东顿首，十月廿六日

3

两书均奉悉，前笺所谓义务戏亦不白唱者，凡义务戏必有所为，或振灾或救国，他人能受其惠，而演戏者虽尽义务，亦等于得报酬矣。论铁线篆能探其本，东差胜孙洪者即不剪笔头，若以此为疑，则于名誉有关，誓难承认。闻人言老先生行述，逖先[1]已脱稿，兄曾见否？此上

铎民老兄大鉴

弟汪东顿首，七、十三

1 指朱希祖。

五七、王献唐　1通

王献唐（1896—1960），原名家驹，后改名琯，号凤笙，山东日照人。1918年，任济南《商务日报》和《山东日报》主编。1927年任国民党中央学部秘书。1929年起，任山东省立图书馆馆长。中华人民共和国成立后，历任山东省文物管理委员会副主任、故宫博物院研究员。

湛如先生侍史：

承手教并尊太夫人墓志墨本三纸，感荷兄量。余杭先生此文旧在《太炎文录》中已读过，今再重读三数，真人间至文。黄氏隶法为江左名家，合此二媺，表章先德，公之孝思至矣！至尊第被焚，由儒家言之当吊，由道家庄列一派言之当贺，由佛法言之则无吊无贺。弟向作平等观，因人而施，今对公无吊亦无贺焉。

三月以来，弟患脑目之疾，影响睡眠，医治迄未全愈，夜间每静坐念佛，心终不宁，失眠如故。弟在十八九岁至二十一二岁间，颇能静坐，后虽荒废，何以不可复拾？此起伏不定之物，如何能制服之？幸公赐予开示。此请

法绥

弟献唐顿首，七月廿八日灯下

附：朱镜宙致王献唐[1]

1

献唐先生大鉴：

法绘已收到，气韵致远，能得石涛遗意，决非俗笔所能方其万一。弟意不必再画，即请另题一方，完此一段公案可也。本日午后拟走谈，乞少待，如无暇，即请公定一时间，何如？敬请

大安

弟朱镜宙顿首，十一，廿八

汪旭初（东）、章行严均有诗来，便当奉阅。

2

献唐先生足下：

去夏过渝，屡思访谈，络以体力未充，交通不便，未能如愿，至今思之，每为怅然。宙自东归，杜门却扫，百事不问，因之健康渐有起色，邹鲁礼义之邦，劫灰未净。足下还乡之愿，因亦遥遥无期。众生业重如是，惟有仰仗我佛慈悲之力，有以拔济之耳。

昨邮寄王季同先生著《佛法省要》三册，请丁鼎丈转，不知已收到否。王季同居士为当代有数之科学家，或有足以餍足下之望耳。际此春和，雁荡之游，足以畅怀，倘能惠然肯来，敝寓可以下榻也。敬颂

撰安

弟朱镜宙顿首，三、三

通讯温州蝉街喜牛坦九号。

1　均录自《王献唐师友书札》，朱有发先生提供图片。

3

献唐先生左右：

顷接报国寺僧函云，珙桐花已放，属于三日内上山，兹定明早七时动身，先生能同行否？便乞示知为感。敬颂

道安

弟朱镜宙敬上，五、十三

4

献唐先生道右：

昨奉手教，诸荷奖借，惭愧交并。马、熊二老[1]龃龉之事，前已略有所闻，而熊先生竟尔拂袖而去，则接大函始知之也。开学讲录，马能综其要，熊则不免芜杂，尊论极当。然此仅就文体结构言，若就时势推移立论，则熊之所见似高一筹，且彼虽致力宋儒之学，而仍服膺汉儒通经致用之说，祛尽宋以来门户之见，又为难能。窃尝论之，宋儒尝以士接孔孟真传自任，而彼所谓真传，性命之说而已。究性命之穷不过修己而止，而不知孔孟之修己则在治人，在安百姓，故终孔子之生，栖栖皇皇，仆仆于七十二君之廷，虽以南子之秽德亦往见之，子路之于丈人也曰："不仕无义。"又曰："君子之仕也，行其义也。道之不行，已知之矣。"此夫子之言由子路宣之耳。此所谓知其不可为而为之者也。长沮、桀溺所以终不为夫子所取者，以其徒知洁己，无济斯民也。孔子三月无君，则皇皇如也，出疆必载质；虽委吏乘田，亦尝为之矣；胙肉不至，则不税冕而行。所以明谋道非谋食也。

孟子三宿而后出昼，圣贤之于用世也，其委曲求全如是，救世之心切耳，岂真为斗筲之谋哉？此与如来说法必先国王，其用心正同。盖以自上而下，

1　马指马一浮，熊指熊十力。

其势顺而效易著；自下而上，其势逆而效难彰。行及后世，一意以孤高抗直，不问世变，谓能得孔孟之真传，此则长沮、桀溺之流，究其极不过逸民而已矣，岂得谓为孔孟之徒哉？夫逸民昔人不得已而为之者也，苟贤者均为逸民而去，置生民涂炭而不顾，于己谋，则忠矣，其如民胞物与之义何？其如己饥己溺之说何？且长登贤之所谓治人，确皆具经世之才，非如后世之徒托空言者也。孔子生平最服膺周公，周公文治武功，实驾百王而上之，《周礼》上自冢宰下及山泽，设官分职，皆有常经，史称文物制度，粲然大备，诚非虚语。其梦周公实有所祖述也。周公于平武庚之后，复营洛邑，竟为后日宣王中兴张本，此其政治眼光为何如？中为流言所传，居东三载，一无间言，此其立己又何如？孔子经世之学见之载籍，不可胜数。孟子立言虽不及孔子之盛，然“市廛而不征，法而不廛”“关稽而不征，耕者助而不税”“廛无夫里之布”“九一而劝，什一自赋”“五亩之宅，树墙下以桑”“五母鸡，二母彘，无失其时”“百亩之田，匹夫耕之”“圭田五十亩，余夫二十五亩”“方里而井，井九百亩，中为公田，八家各私百亩，同养公田”“死徙无出乡，乡田同井，出入相友，守望相助，疾病相扶持”“斧斤以时，材木不可胜用；网罟以时，鱼鳖不可胜食”，子产听郑国之政，以其乘舆济人于溱洧，孟子讥其“惠而不知为政”，乃为之计，曰“岁十一月徒杠成，十二月舆梁成，民未病涉也”，由此寥寥数节文字观之，足知孟子经世之学为何如也！

宋儒昧于此义，专以性理为尚，谓能得孔孟之秘，岂非厚诬孔孟者哉？终宋之世，理学确盛，治迹无闻，坐视南渡江山任异族之凭陵，一筹莫展，此则专言修己而不讲治人之过也。其流弊或以空言激其君以要誉，或发为不负责任之高论，所谓痛哭流涕长太息是已。夫痛哭流涕长太息者，无计划之谓、束手待毙之谓，妾妇之事也。孔子曰："如有用我者，期月可也，三年有成。" 孟子曰："以齐王，犹反手也。" 此何等胸襟，岂彼宋儒所曾梦见者哉？宋儒无经世之学，而又不愿示弱，于是而有所谓“饿死事小，失节事大”以自解嘲者，此又足为宋儒不知治人之明证。夫人情莫不好生而恶死，孔子曰："饮食男女，人之大欲存焉。" 孟子曰："食色性也。" 故孔孟言政皆必先衣食而后礼义，良以饿死事小，豪杰之子不能期之齐民也。豪杰之士，间无一见，社会百分九十九皆齐民也。政治无他道，即如何使此齐民安居乐业，有以生，有以长，有以死，有以葬而已。若大豪杰之士，虽无文王犹兴，亦安待于义理先生为哉？

王阳明先生倡知行合一之说，知即是修己，行即是治人，盖欲藉以矫正宋儒之失。自来言性理者，文章事功之盛，皆莫阳明若，有以哉。故必欲言得孔孟之真传者，阳明其庶几乎？今世何无？交通之繁复如是，器械之发达如是，强凌弱、众暴寡又如是，岂又是半部《论语》治天下之时哉？使半部《论语》而犹可致太平、攘夷狄者，宋儒已优为之矣，是赵宋不应亡，日本小鬼不应横行神州肆无忌惮也。是知半部《论语》之学已不足以解嘲矣。其不能不反求之于经世之学，亦物理之自然。

然则熊君"中学为体，西学为用"之言，其庶几乎？体用之说，倡自光宣诸老，惜当时继起之人怵于新学，鄙夷国故太甚，以致旧学沦亡，新学亦无所得。此之所谓中学为体即修己之要，应以孔孟宋儒为宗是也；西学为体即治世之要，如国防、财政、法律等等。质言之，即人文制度皆应择用欧美是也。以言国防，人用飞机大炮，而我仍将以弓矢戈矛大刀取胜乎？人言整理财政必先以严密之预算，继之以繁重之会计与审计，辅之以公库，终之以决算，使之欲舞弊而不可得；而吾则今日一令，明日一电，告诫愈多，贪污愈甚。此无他，即宋儒徒托空言，不重行事之流毒，有以深中于人心耳。(《周礼》岁会、月要、日成，与今日欧美制度相仿，故吾谓真能通经，发挥至当，亦足致用。)

宋儒为学大抵盗窃释氏，其痛诋释氏者，盖欲自掩其盗窃罪，譬如杀人越货之辈，一旦为罗者所得，彼必矢口不自承其为杀人越货者，同一用心。释与孔孟其救世之心虽同，而其救世之方法则截然不同，盖释以出世为入世，而孔孟则惟入世一念而已。因以出世为入世，故偏重于个人之修养，以入世为入世，故不得不兼讲治世之术。宋儒知其一而忘其一，拾其小而遗其大（宋儒之辟佛，尚有一因，即欲附祀圣庙是），其蔽亦甚矣。

弟于读熊氏文后，本欲具书通款曲，将及半，有以马熊交恶告者，因复中止，恐熊氏为公开发表，世人不谅，疑为有意左右袒或竟认为助熊张目者，今因执事言，略抒所肤浅之见，自知无当于大雅，幸有以教之。湘蘅一件附上，乞察收。昨登北斗山得诗一首，另笺写呈，并赐郢政。敬颂

著安

弟宙顿首，十、廿一

5

献唐先生左右：

手教奉悉。"猿""猨"同为《说文》所无，"蝯"从虫，"猿"为兽类，足下疑之，殆以此与《玉篇》言"猿"古称为"犹"，亦作"猱"通，作"禺"义，既无据，说亦未安。犹为多疑之兽，而猿性不尔。猱不见许书，或谓即夒，母猴也。禺，《说文》亦谓母猴。要之猴、犹、猱、禺、独等其类相从，皆为同属，惟或长尾，或赤眼，或长臂，或形大而猛，或性喜孤处，苟细察之，仍各有其特异之点。今之生物学家搜集标本，无法各锡专名，往往以形似者归纳一类，而再标举其特点，以视辨别，亦不得已之举也。夫以宇宙之大、品类之繁，有人目所不能及、耳所不能接者，何可胜数？以今视古，已不多数十百倍，其因天时人事之变迁，沧桑陵谷，古代生物不适环境而即淘汰者，尤不知凡几。

曩在渝州晤刘采廷[1]旅长，言昔年追剿□□于金沙江上游（云南西康道中），曾见一兽，土人呼为独，如猴，而大啸声出，则群猴四集，肃立不敢仰视。独乃伸手探群猴之头，择肥硕者识以石，呼如前，余猴皆散去，惟被识者，独步亦步，独趋亦趋，及有水处入而浴，自脱其毛，然后独乃食之。又于某山巅见一怪鸟，其大无可方物，庄子谓鹏之翼如垂天之云，庶几近之，土人亦不识其名，惟言前本有二，为西人枪毙其一，是知深山穷谷中其未为世人

1　刘采廷（1899—1968），别名畔乡，江西铜鼓人。国民党陆军中将。中华人民共和国成立后任铜鼓县人民政府委员、江西省人民政府参事、民革江西省委委员等。

发见者，甚不知若干。

字之繁衍，每与人文演进成平行线。今日科学发达，即感吾国旧有之字不敷应用，乃于偏旁加记，藉资省别。实则六书之不敷用，自古已然。秦汉典籍一字之义，每作数解，彼此通假不一而足。洎乎有唐，典章文物，粲然大备，文字演进，因亦愈繁，此经进化公例使然与？《纂古》《字典》二书璧还，敬祈察赐复为荷。顺颂

道安

弟朱镜宙敬上，六、十六

6

献唐先生左右：

奉手教，获悉近况，至为欣慰。弟自东归后，杜门谢客，身心稍泰，健康亦渐恢复，惟仍不能多所操虑耳。儒自儒，释自释，道自道，三者之理论虽多有相通之点，而登峰造极舍释氏莫由得其指归。浅人喜和附于是，而有三教同原之说。近且有为五教合一者，如卍字会之流，既无中心理论思想，全凭扶乩，以惑世人，世人不察，每为好奇心所驱使，亦从而趋走之，其敝将使白莲教之祸复见于今日。其实扶乩等等，释迦如来住世时已加呵斥，徒以今人不阅经典，故使邪魔飞舞，鱼目混珠，足下不受其愚，可谓慧眼独具矣。学问之道大都由虚心入手，如或先具成见，则入门之路已绝，断无入虎穴而得虎子之理。科学在探求真理，宗教之目的亦在探求真理，故凡和合真理之宗教，决无反叛科学之理。譬如言上帝七日造山河大地万物，此有背乎真理者也。若言山河大地万物皆由因缘和合而成，无能造者，无主宰者，亦无被造者，此理亘古不易，不易即真理也。

足下言扶乩在目前不能以科学方法证明之则可，若以此连类及于佛法，谓为亦非科学，则近于武断（佛法本呵斥扶乩）。以足下尚未一涉其内容而遽下结论，此则先自陷于矛盾之列故也。

兹补寄《佛法省要》《一个科学者研究佛法的报告》各一册，乞檠收。华严字母，足下昔年在峨眉时曾欲研习，兹亦附寄一册，藉结胜缘。孔子言“述而不作”，释迦佛亦言所说法皆为过去诸佛所说者。可知东西圣哲皆由虚心探求，以成其大，自封自锢，非讨求真理者所宜出。足下之病适与弟等，惟佛法方能根治，愿少留意焉。春寒，伏惟珍摄。敬颂

著安

弟朱镜宙顿首，四、十九

7

献唐先生道鉴：

刘君事与前致绍介秘书各系一事，弟自知之，敝局尚缺主办文稿人员，刘君处可用快函告之，如愿屈就，即速来可也。圣钦和尚极思一谈，奈日来病腹，未能趋访，不知在此尚有几日，请为询明示知为感。敬颂

著安

弟朱镜宙顿首，十、十三

8

献唐先生左右：

病中得书，知于佛法特具慧眼，欣佩莫名。佛法之所以超出一切宗教、一切世法，皆在此“平等”二字，圣凡之别，亦在此“平等”二字。平等者，中道之谓也。不断不常谓之平等，不生不灭谓之平等，不有不无谓之平等。无烦恼可灭，无菩提可得，平等也；无生死可出，无涅槃可证，平等也。吾辈学佛，舍平等无佛可学；吾辈求法，舍平等无法可求。三藏一十二部，千言万语，皆发明此平等之义，说明此平等之理。金刚经云：“是法平等，无有

高下，是名阿耨多罗三藐三菩提。”则阿耨多罗三妙三菩提者，平等而已矣。今先生以平等观因人而施，寥寥八言，辄已该尽全部佛法。钝根之辈，虽毕生埋头名相堆里，条分缕晰，而终不能得其旨归者，以视先生诚愧多焉。

承示静坐念佛，心绪不宁，辱询制服此起伏不定之物之法。鄙意以为先生仍应于平等处求之。心绪何以不宁？以有罣碍也。有罣碍即有高下，即有生灭，有高下生灭，即非平等。大势至菩萨论念佛云：“都摄六根，净念相继，得三摩地，斯为第一。”三摩地者，平等地也。六祖云：“不思善，不思恶，正是这么时，是明上座本来面目。”这么时者，平等时也。起伏何尝有物？如其有之，不可说，言不定。究竟此物是圆是方，是红是白，是香是臭，是甜是咸，先生何不将来下酒，岂不更为痛快？如其不可，则是无物，而先生似亦明知其无物，故又强名之为不定。夫天地间决无不定之物，是则先生之受欺必矣，即所谓起伏者亦先生之自为起伏耳。先生念其有，则此不定之物起矣；先生觉其无，则此不定之物伏矣。起也伏也，伏也起也，皆先生自为之也。岂真别有一不定之物于先生外，自为起伏者哉？既无别有不定之物，自为起伏，而先生执假为真，误幻为实，乃起制服之想，此□所谓以幻人播幻法，其为惑也，不亦甚乎？先生倘能对于当前境界无所取舍，则幻念自消，立时平等现前。而此起伏不定之恶魔，安能抹粉涂脂，千柔百媚，颠倒播弄于先生之前哉？考据之学，最伤脑力，宜速放下。睡前以冷水浇头，以热水濯足。坐时如过散乱，可注视足心；如过昏沉，可提起佛号。亦不失为以幻治幻之法。世间皆幻，尔我亦幻，失眠是幻，念佛亦幻，无事不幻，无念非幻。不取于幻，是能转幻，若取于幻，是为幻转。能转幻者是为智人，为幻转者是入魔网。不为圣贤便为禽兽，宋儒之言可以相互发明。高明以为何如？敬颂

法安

弟朱镜宙顿首，八、十七

五八、王新令　1通

王新令（1904—1965），字鼎若，号楚青，天水人。任西安绥靖公署驻甘肃行署主任邓宝珊的秘书长。1936年任国民政府监察院监察委员，1948年任甘宁青监察委员行署主任委员。中华人民共和国成立后为甘肃省政协委员等。

手示奉悉,《墨林今话》确有张美如[1]短评。唐介亭[2]则《画征录续编》有之，容今晚检抄奉览。《凉州志》仅藏《五凉考德全集》,纰缪不足观。张、唐事略外，此亦无所得,夙欲为二人小传,即生卒年月亦无可征,废然有同慨也。《牧斋集》弟处无之，觅借到即同《明史》奉上。匆覆。顺请

晚安

弟新令顿首，二月十八夜

铎民道兄

1　张美如，字尊五，号玉溪，甘肃武威人。嘉庆十三年（1808）进士，官御史。工山水，澹远似倪瓒，苍厚似黄公望。

2　唐琏（1756—1839），字汝器，号介亭，别号栖云山人，又号松石老人。甘肃皋兰（今兰州）人。著名书画家。著有《松石斋印谱》等。

五九、王用宾 1通

王用宾（1881—1944），字太蕤，又字利臣、理成，别号鹤村，山西临猗县人。早年官费留学日本，入同盟会。历任《晋阳公报》总编辑、国民党山西支部筹备部长、河南省长公署秘书长、南京政府法制及财政委员会委员长、考试院专门委员、司法行政部部长等职。

铎民我兄惠鉴：

本年二月廿九日手教到时，适弟北上劳军，数月归京，又卧病床，稽迟裁答，甚罪甚罪！前题咏我堂诗极粗朴，且不合时宜，乃荷兄以教孝之旨奖饰。狂澜如此，谁能支柱？立庙祀先，诚转移风会之道。谨如台嘱，另书一通，惟拙劣奈何！并颂

秋安

弟用宾拜覆，八、十二日

六〇、王芸生 1通

王芸生（1901—1980），原名王德鹏，天津人。1929 正式加盟《大公报》，为《大公报》总编辑。中华人民共和国成立后，历任全国政协委员、全国人民代表大会代表、中华全国新闻工作者协会副主席等。

铎民先生左右：

得手教，知大驾到渝，并悉久病新痊，至以为慰！大作已拜读，容当于行政会议期间发表，释念为荷。专颂

道安

弟王芸生顿首，五、廿四晚

附：朱镜宙致王芸生札

1[1]

芸生先生左右：

日来病脑，致疏谒教，殊深怅怅。六月二日本埠各报中央社华盛顿三十一日合众电：取消美国在华治外法权。又同日华盛顿国际电：美国自动

1　录自《瑶川朱氏宗谱》，朱有发先生提供图片。

表示愿放弃治外法权。此治外法权四字疑系领事裁判权之误。查治外法权英文为 extraterritoriality，凡一个外交官如大使、公使等对于驻在国有治外法益之权利，不受驻在国任何法律之支配，如驻在国之警察军队不能入外国使馆搜捕，即其显著之一例。军舰之停泊他国领海内者亦然。此之治外法权为国际法所公认，世界各国得彼此共通享受之，似无取消之理。领事裁判权英文为 consular jurisdiction，其性质异是。例如甲国人民在乙国境内，无论为工为商为农等，依乙国条约所赋予之权利不受乙国司法权管辖，而由甲国驻在乙国某地之领事依具本国法律加以裁判，其有涉甲乙两国人民者，乙国人民之审理，甲国领事亦得出席，上海租界会审公堂之畸形组织即领事裁判权行使之结果也。昔日欧洲各国初在土耳其获得此权利，继行之于东方各国。我国之有领事裁判权制度始于一八四三年《中英五口通商章程》，其后各国与我国签订条约皆以轻描淡写之“最惠国待遇”五字而一律享有之，实为帝国主义者施于吾国不平等条约中最可痛之一页，亦为吾国国权被侵最可耻之一点。此种权利由于片面强迫恫吓而取得者，与治外法权截然二事，拟请先生加以辨正，以唤起国人正当法律常识之注意，并共同努力，一洗亘古未有之大耻奇辱。盖领事裁判权一日不取消，则中国任何政权之行使皆将受其阻碍，无法贯彻。而不肖国民每因诉讼败兆已形，临时向外国运动入籍以求保护，上海一埠此种怪象尤著，推原祸始，皆领事制判权阶之厉也。敬请

撰安

弟朱镜宙敬启

2[1]

芸生先生左右：

久未通问，深以为念。昨寄《觉有情》月刊三期，想荷詧收。内有王小徐[2]、尢智表[3]二君所撰文，拟请先生抽暇一读。王、尢二君皆吾国科学界有数之人物，其治佛学也亦纯以科学客观态度出之，非寻常囫囵吞枣者比。弟在八年前尝为一反对佛法之最顽固者，盖初误今日游手街头、贪邪无状、威仪不具、戒学不修之辈，与夫乡妇老弱、求名求利者为佛法之全貌，不知不觉间遂起蔑视之心，因之不待精研其内涵，辄加断语曰迷信。民国二十七年冬，旅蜀夜行，遇大恐怖，急来抱佛脚，始发心持诵佛经。一夕偶有悟解，几致泣下，乃悔向者所持态度为不当。而贪邪无状不持戒学之僧侣，正如佛经所预言，乃狮子身上之虱。盖狮子为百兽之王，威力无匹，无能制驭，惟一旦自身生虱，则必渐至羸耗以亡。佛法之在世间，其威力正如狮子，而僧侣不德，则无异狮身之虱也。顾僧侣之善不善为一事，佛法之是否值得研究又为一事，二者本不相联属。弟意处今日世界之大动荡中，已非空言道德、人格、教育、政刑所能维系，惟有积极推进佛法，方可消弭杀机于无形。此意此理，非此短简所能尽。世间宗教如耶稣、天主、回教等，皆已与今日之科学宣布脱节，惟佛法之理论与组织，皆透过因明（即今之逻辑）而建立者，而其用功次第，又皆从个人之自证中得来，既非徒托空言，又非有上帝与神之类为之主宰者也。弟频年多病，厌薄浮嚣，每喜与僧侣相往还，乃发见僧团生活，其方式之民主、

1 录自《觉有情半月刊》第8卷12月号，朱有发先生提供图片。

2 指王季同（1875—1948），名季锴，字孟晋，号小徐，苏州人。王颂蔚之子。光绪二十一年（1895）毕业于北京同文馆。宣统元年（1909），派赴英国任清政府驻欧洲留学生督署随员。1916年发明电气变流方法。1928年任中央研究院工学研究所专任研究员。1930年发现分解电网络之新方法。晚年研究佛学，著有《佛法与科学之比较》《佛法省要》等。

3 尢智表（1901—？），苏州人。交通大学电机系毕业，曾任商务印书馆编辑，后赴美国哈佛大学攻读无线电工程，回国后历任大学教授。著《佛教科学观》《一个科学者研究佛经的报告》等。

自由、平等、和谐、合作、秩序、快乐，种种美德，实为现代任何国家社会组织所不能及。现代政治组织有二大主流，英美之代议制与苏联之共产制是也，而僧团组织则兼二制之长而无其短（他日将为文论之）。此优良之僧团组织，吾国行之已千余年，世人对之不独漠视，反多误解，诚属奇事。此则不能不归咎僧界人材之缺乏，未能将此优点尽量绍介于世之故。吾辈新闻记者对于世间之每事每物，皆有求其正确理解之必要，则此具三千年悠久之历史，其潜力深入东方各民族阶层之佛法，欧美学人方且虚心探讨不已，吾人更不可无相当之认识也。王、九二君之作，如承贵报转载，甚盼。弟为东方文化与世界永久和平计，更望贵报今后于每星期中选择有关佛学之撰述一二篇，则先生殷殷望治之意，必于无形中得收更大之效果。贵报无党无偏，旨在为人群服务，苟有利于人类社会者，谅能毅然本大无畏之精神，以与世人相见，故敢一详其说。敬颂

撰安

弟朱镜宙顿首，一、十六日（1947）

六一、吴承仕　2通

吴承仕（1884—1939），字检斋，安徽歙县人。受业于章太炎门下，研究文字、音韵、训诂之学及经学。历任北京师范大学中文系主任、中国大学国学系主任，兼北京大学、东北大学和民国大学教授，创办《文史》《时代文化》等刊物。著《经籍旧音辨证》等。

1

铎民先生鉴：

汇来八十金，连前计百金，作为印书之费，已与文楷斋接洽，属其速办。印就即由该处邮寄上海。印刷及邮费需数若干，当再清算奉缴。手此奉复。即颂

秋安

弟吴承仕顿首，九月廿三日

2

兹奉赠丛书一部，乞检收。版存文楷斋（琉璃厂东头），如欲印五十部，请直接寄钱属其印就邮寄，较为便利。弟先与彼接洽妥当，彼无不照办也。即颂

铎民先生旅安

弟承仕顿首，即日

送呈（并书一部）朱先生收。

六二、吴鼎昌 1通

吴鼎昌（1884—1950），字达铨，别署前溪，浙江吴兴（今湖州）人。留日时加入同盟会，1910年中商科进士，1912年任中国银行正监督，1927年任实业部长，抗战时任贵州省政府主席。

铎民仁兄大鉴：

昨奉手毕，未遑裁答，又接六月廿八日函，敬承一是。就审主计边隅，即事多欣，至慰远怀。小女元俊于归永嘉刘氏[1]，七月吉期已过，新夫妇偕游匡庐，愿了向平，可堪告慰！并荷驰书相贺，并馈多珍，情意殷奉，良用感谢！承示不日将南归，又可得晤教益，一倾积愫。专此布复。顺颂

台祺

愚弟吴鼎昌拜启，七、二

内人偕元黎附候[2]。

1　指刘廷蔚，浙江永嘉（今温州）人。刘廷芳弟。留学美国康乃尔大学研究院，回国后任上海沪江大学生物学教授，并代理生物学系主任。著名昆虫学家。著有诗集《山花》。

2　元黎，吴鼎昌之子，留学英国伦敦政治经济学院，获博士学位，回国后任中国经济研究所研究员。

六三、吴景濂　1通

吴景濂（1873—1944），字莲伯、濂伯，辽宁兴城人。清末任奉天自治会会长、咨议局局长、师范学堂监督等职，民国后任奉天民政长、北京众议院议长。1916年与张继等组织宪法商榷会，参加护法运动，任非常国会议长。

铎民先生公鉴：

不孝濂于本年一月十日猝遭先妣张太夫人之丧，天崩地坼，痛何可言！加以景濂奔走国事，十数年来不遑家居。母在不能奉养，母歿不能奔丧。子礼大亏，尚复何颜面就人世，只以先妣窀穸未安，不敢不苟延喘息，以蒇大事。承赠大作并手函，迟迟作复者，以此故也。慧僧[1]兄现在汕头怀安街证券物品交易所，并闻。此复。即颂

春祺

弟棘人吴景濂泣血谨启，二月十一日

1　指褚辅成。

附：朱镜宙致吴景濂、褚辅成书札[1]

1

莲伯、慧僧二先生大鉴：

别又累月，引领高风怀想为劳。前奉《太平洋会议面面观》数十册，谅荷赐收。溯自太平洋会议召集之说传布以来，国人之留心外交时局者论著甚盛，然皆视为惟一无二之中国救命大王，今不幸而拙论所虑者皆中矣。虽然，能由此以立对外之方针，以为将来应付之标准，则亦未始非亡羊补牢之计耳。前次过沪，两晤蓂赓[2]，渠意非先得一立足地不可，闻今日出山，尚未变其此项主张也。

宙承友人之招，已于前月中旬抵厦，供职厦门中行。此后颇欲从事实业，以立个人经济之基础，然后徐图其他。二公以为何如？北风有便，乞赐教言。专请

大安

朱镜宙敬启，元月十七日（1922年）

慧公现寓何处，乞示。

1　录自《天津市历史博物馆馆藏·北洋军阀史料》，朱有发先生提供图片。

2　指唐继尧。

2

慧僧、莲伯二先生道席：

久未通问，至深渴慕。日前因事赴沪，适杭州学生会以五四纪念嘱去演讲，遂偕太炎先生及其夫人、公子往，留杭约一星期，杭州学生会并以经费困难嘱为帮助，至再至三，情不可却，且学生为社会有力分子，苟能导之以方，亦未始无补于国家，以二公之明当亦早见及此。弟拟代筹百元，尊处能否为之设法，祈速示知。

研究系方面，其最近之策略颇致力于二途：一、为联络学生，以任公之讲学为主干，《时事新报》辅之。一、为从事于经济力之培养，通易为其中心，而兴业等皆其附枝也。未悉二公曾一注意及之否。鄙意吾人苟非速从事于一可进可退之计划，以树未来之基础，实一危险之事也。浙事目下尚无问题，苟至不得已之时，浙人或谋自卫，此议曾得有若干人之谅解矣。

潮汕局面骤变，李协和已手无一兵，刻正电调泉州自治军（本归许崇智节制）赴前敌，但孙传芳一旦得此消息，将否乘虚以袭闽南，此一大问题也。

莆田方面，闻王永泉部与孙本戎部已极接近，战事恐亦不在远矣。临城事有无办法，此事关系极大，二公不可不一注意及之。前曾致慧公数函，有无收到？众院何时改选？便乞示知。此请

议安

弟朱镜宙敬启，五月卅一日（1923年）

3

慧僧、莲伯、其相、彦冲、厚生诸先生大鉴：

久未通问，至以为念。粤中情形想已略有所得，惠州得而复失，失而复得者屡，昨日确息，又被陈军克复，从此东江战事日益吃紧。北江方面，北军乘东江多事，无暇兼顾之秋，由韶关直趋英德，苦战累月之滇军，疲于奔命，

困惫不堪。恐此信到日，粤中或将另起炉灶，亦未可知也。

潮汕方面自经洪兆麟、林虎、黄大伟等袭击后，李福林已全军覆没，许崇智虽尚留有战部千余人，然已完全无战斗能力矣。此间臧部与泉州自治军均已有一部分出发前敌，其前锋已抵黄岗［冈］，日前洪兆麟、黄大伟二部忽以轻骑走袭诏安，臧部不备，被其缴械者千余人，郑佐平（处州人）部全数投黄大伟，郑有被执之说。陈肇英部尚无消息，黄岗［冈］驻军骤自此变即立时下令退却，惟此路兵力尚厚，将来恐不免有一翻［番］大战也。陈、黄本为中山老同志，且皆健者，中山不能久为己用，反令一变而为劲敌，而独于气味素不相投之张、段，则屡送其秋波，吾人于此实不能不深为中山惜之。夫联张联段，吾人虽明知为中山之策略，然亦必须先固内部方足以言对外。四年以来离中山而去者几何人？中山于此是皆未尝加以一反省也。昨闻人言中山在省所设立之国民党，凡入党者皆须打指印，吾人闻之不禁一笑，秘密结社乎？抑卖身契乎？精卫、博泉诸君素皆以人格二字相号召者，然则此言或传之而非其真欤！京中有何消息，昨得友人函言财政日穷，军警费一无所出，夏间或将另有变故云云。内忧外患交并之中国，长此纷扰，非至亡国不已，言念及之，心痛无已。诸公皆为政治中坚人物，未悉有补救之法否？实况如何，尚请示知一二。此请

议安

朱镜宙敬启，六月十一日（1923年）

前致慧僧、莲伯二公函已收到否？

六四、吴敬恒　3通

吴敬恒(1865—1953),江苏武进(今常州)人,原名朓,改名敬恒,字稚晖,号朏庵,笔名燃、夷等。26岁中举,后任北洋大学堂教习等。民国后,历任国民党中央政治委员、国防最高委员会常委等职。

1

铎民先生勋右:

承垂诿以堂记书丹,能附先德及先生之大名以传,不胜荣幸之至。当不日敬谨书奉。蒙赐重仪,在弟皆无所用,徒以珍物携入防空濠,反麻烦矣,故敢奉璧。今晚宠招,本当陪座,乃因昨晚骤寒失眠,今晨疲倦身冷,强起坐。今明三日,教部开学术审议全会亦未能去,敬缕怀奉告,非敢拂情。叩谢叩谢。并请

午安

弟敬恒顿首,二月十四日午

2

铎民先生执事:

弟死罪死罪!尊赐印泥暨写件置文明书局,适弟抱小恙,连日未去,及领到后,又以诸多冗杂,竟未能即日复谢。今日忆及,知已造大错,先顿首拜谢,

写件俟恭缮已就再送奉，蒙法饰之处，愧极感极！经大君子之嘉许，止有愧勉，使不伤知人之明耳。然亦自惭太劣陋矣。近来作二十余蒙童之猢狲王，每日任课至五六小时，故觉发胜已极，俟稍暇当叩聆大诲。敬叩

道安，不尽。

弟吴敬恒顿首，十一月廿一日

3

铎民先生：

这两天又刚刚有些琐事，不曾天天上二马路，承惠临，失迎得狠。尊嘱题签，弟书太劣，先生如何把自己法书不用，倒要叫兄弟出丑，姑且不敢，方命涂上一纸，不知合否？又随便涂一小跋，不知能附大箸以得光宠否？今适为俗事所阻，过日再谒谈，畅聆教诲也。匆叩

道安，不尽。

弟敬恒顿首，廿五日

六五、冼玉清　2通

冼玉清（1895—1965），广东南海（今广州）人。画家，著名文献学家。1917年，入广州岭南大学，主修古典文学。1927年任岭南大学国文系讲师。岭南大学并入中山大学后，任中山大学文学系教授，兼任岭南大学博物馆馆长。1956年，任广东省文史研究馆副馆长。

1

铎民先生大鉴：

匆匆一叙，又赋参商，目送征车，曷胜苍然之感。当时苦病伤风，精神困顿，诸失招待，至今慊然。顷奉三月四日手书，知已旋沪，适棻公见过，顺以示之，渠于处方数言，不知哑谜所在，亟亟窥探，终未相告也。

示诗甚佳，所用灯影字眼不期与鹤亭[1]相合，所谓“英雄所见略同者”非耶？录呈冒诗：

一灯窗下娉婷影，万卷床头历落书。片石韩陵无语处，只应低首女相如。

妇人咏絮寻常有，略录书成自校雠。若置汉家天禄阁，向歆父子也生愁。

高凉大姓溯梁陈，高山桃花叱咤春。一个英雄一文学，冼夫人后冼才人。

冼玉清拜上，廿六年三月十二

1　指冒广生。

2

铎民先生：

惠到《章氏遗书续集》四册，拜领，谢谢。玉清讲授最近五十年文学史，对章氏最所服膺，今复得增加材料，何幸如之！

休息多月，精神想必大佳。菉公北来，谅有谋面。玉清力劝其离粤北行，以求向外发展，盖乡邦事大不易为，而此间人亦非易与也。荔支上市，驰念远人，三百颗之豪情亦神往否。匆匆。即颂

日祉

冼玉清拜，廿六年五月十五

六六、谢冠生 1通

谢冠生（1897—1971），名寿昌，浙江嵊县（今嵊州）人。毕业于上海震旦大学，留学巴黎大学，获法学博士。先后执教于震旦大学、复旦大学、中国公学及法政大学。1926年出任武汉国民政府外交部秘书，1927年任中央大学法律系主任兼法学院院长。1937年任司法行政部部长。1949年去台湾。著有《法理学大纲》《中国法制史》等。

铎民吾兄惠鉴：

辱书殷勤存问，至感高谊！四日薄暮，敌机飞渝肆虐，敝寓前左两邻皆遭焚如，幸风势转变，未被波及。内人等亦经于事先离避。一切粗安，足纾廑注。专复申谢。敬颂

勋祺

弟谢冠生谨启，五月十日（1939年）

六七、许崇灏 1通

许崇灏（1882—1959），字晴江，号公武，广东番禺（今广州）人。辛亥革命元老，曾任南京临时卫戍司令。后出任粤汉铁路局局长、考试院秘书长等职。编《新疆志略》《琼崖志略》等。

铎民先生惠鉴：

拙稿转寄石遗丈，惭感之至！此种小儿学步之作，惟恐见笑于方家也。季公仍在汤山，尚未入城，嘱件已大略言之，惟结果如何，尚未得而知耳。俟季公回京时再为一提。此复。并请

台安

弟灏顿首，九日

六八、许世英 4通

许世英（1873—1964），字静仁，安徽至德人。清末在刑部、巡警部任职。1908年任奉天高等审判厅厅长。民国成立后任段祺瑞内阁内务总长、交通总长等。1921年出任安徽省省长。1924年任内阁总理。1925年任北京政府国务总理。1928年任赈务委员会委员长。1936年出任驻日本大使。1947年后历任国民政府委员、蒙藏事务委员长、总统府高级顾问等职。著有《黄山揽胜集》等。

1

铎民仁兄左右：

枉顾，适以就医病院，失迎至歉！温州同乡会购米免税事，昨晤漱老，亦曾谈及，重以尊嘱，已函敝会，迅当转请财部照办矣。执事爱护梓桑，热心公益，极为佩仰，敝会自当追随诸君子之后，勉竭棉薄也。专复。上颂

台绥

弟许世英启，九月廿六日

2

铎民先生善鉴：

去岁承示，有华侨捐米千包，可运沪散放。比因各省请赈纷来，拟俟此项到沪分配，以惠灾黎而副仁意。现在为日已多，未知已否运到，抑或已作

他用？敬祈示知，以各省代表咸相探询也。专启。上颂

台绥

弟许世英启，五月廿一日

3

铎民仁兄执事：

顷展手书，承示南洋华侨集有赈米千包，不日运华，极为灾民感谢！敬祈兄于十二日午后五时惠临仁济堂内敝会驻沪办事处，藉聆教言，至为企盼！专复。即颂

大绥

弟许世英启，一月十一日

4

铎民仁兄执事：

昨日午后因有振务要公出门接洽，辱荷枉顾，未及迎迓，至深歉仄，失约之愆，尤为不安。吾兄何时得暇，拟即奉访，如承吟教，弟每日下午三时均在敝处办公也。专启道歉。敬颂

台绥

弟许世英启，一月十三日

后日即十五日午后四时，弟准在仁济堂，如承再当枉驾，尤为感祷！

六九、许寿裳[1]，1通

一

铎民先生大鉴：

久未晤教，惟起居安善为颂。兹有恳者：潘公展[2]先生编《中国历代名贤集》，来函属弟撰先师章先生传，虽自知力薄，义不容辞。惟山居缺书籍参考，现向各处商借，尚无确音。因念尊处搜藏必众，如有关系材料，尤其遗文轶事，如蒙惠借一阅，曷胜忻感。

又，《制言杂志》廿五年所出纪念专号中有拙文一篇，此间亦遍觅未获，亦祈赐假，各件一个月内，必当负责奉赵。

昔年命撰雁荡尊墅诗文，久无以报，至深抱歉，实缘移居，将印件遗失，如蒙续寄尤感。书籍邮递不便，请送上清寺陶园考选委员会驻渝办事处张纯青先生收转为荷。专此，即颂

道安

弟许寿裳敬启，九月廿一日（1944年）

1　彭小妍、施淑、楊儒宾、北岡正子、黄英哲编校，《许寿裳书简集》上册 332-333 页，台湾"中央研究院中国文哲研究所"，2010 年。卢礼阳先生提供图片。

2　潘公展 (1894—1975)，原名有猷，字干卿，号公展，浙江吴兴（今湖州）人。曾任中国公学校长、《晨报》社长、《申报》董事长等。著有《罗素的哲学问题》等。

七〇、杨铨 1通

杨铨（1893—1933），字杏佛，江西玉山人。早年就读于上海中国公学，后赴美留学，与任鸿隽等创办《科学》月刊，组织中国科学社。回国后，加入中华工程师学会，历任南京高等师范学校、东南大学教授，中国科学社第一届理事会理事等。1927年应邀担任大学院教育行政处主任兼中央研究院秘书长。1928年担任中央研究院总办事处第一任总干事。著有《发见与发明》《爱因斯坦相对说》，以及《杨杏佛文存》《杨杏佛讲演集》等。

铎民先生大鉴：

奉七月十六日手教，承询贵同乡黄方城君转学东南大学一节，此间虽有转学办法，惟须有学校证明书，遇必要时必须面试。弟于校中行政事久不过问，此事最好托陆志苇兄。奎垣已赴京，曾在宁小住，游谈颇乐。匆复。敬颂

暑安

弟铨再拜，七月廿六

七一、杨天骥　2通

杨天骥（1882—1958），字骥公、千里，别号茧庐、天马、东方等，江苏吴江人。光绪二十五年（1899）入上海南洋公学。曾参与编辑《民呼》《民吁》《民立》等。民国初年，任教育、司法、外交等部参事、秘书等职。1931年后，任国民政府监察院委员、代秘书长。后定居香港。著有《茧庐吟草》《茧庐治印存稿》等。

1

铎民我兄厅长惠鉴：

前奉赍书，于甘省财政批却导窾，井秩有条，减轻民众负担，尤费亭毒，得一贤长官，当为甘民爱也。承远惠羔裘一袭，已谨拜登，内子极为喜感。以南中无此佳皮，至为宝贵。春间尚能东来否？尤深盼企。今年冬季秣陵气候较为和暖，西塞山深，想霜雪载途矣。专肃并谢，不尽拳拳。祇颂

政绥

弟杨天骥上言，一月卅一日

夫人坤福并祝年厘。

2

铎民我兄惠鉴：

昨奉手教并《太炎先生丛书续编》四册，欢感无极。浣诵一过，尤于《蓟

汉昌言》，会心不远，谨肃报谢。寿日手卷，容作小诗，备他日驾来时补题。太炎先生手札数通，前日检读，皆关于渔业事件，于学术无涉，只可宝诸箧笥耳。复颂

俪安

弟杨天骥上，五、五

弟明日去旧都，约二月余返京，又注。

七二、叶风虎　2通[1]

叶风虎（1902—1986），字啸谷，浙江永嘉（今温州）人。毕业于北京大学化学系。曾于北京大学、中法大学任教，后任浙江民政厅主任秘书、杭县县长。抗战爆发后，任上海《正言报》社长。抗战胜利后，任大华实业股份有限公司总经理，1947年任瓯海实业银行总管理处总经理。

1

铎老赐鉴：

四月二十二日本行举行三十六年度决算前之董事会，二十五日举行三十六年度决算之股东常会，六月八日暨十二日均举行董事会。凡此各项会议，晚均在温，中间约二十余日，晚则留沪，且仆仆京杭，殊苦日无暇晷也。

自先生离沪赴粤，曾二次奉函，未悉有邀尘及否。承惠六祖禅师之宝印已收到，敬谢。六月三日之附函谈及本行之争执与挽留寄老之必要，及总管理处与董事会之联络问题，语重心长，经交在温各董监传观，均各深佩。傥言云门捐册已收，拟由行中捐献一千万元，不日当可汇上，其余正由晚与夏生兄[2]劝募中。

1　叶风虎书札2通及朱铎民复函均录自董婷婷《银行家朱镜宙的上海足迹——以上海市档案馆藏史料为例》，钱宗主编《朱镜宙诞辰125周年学术研讨会论文集》，线装书局，2015年版。

2　指钟夏生，诸暨人。曾任瓯海实业银行上海分行经理。

四月二十二日之董事会与二十五日之股东会，大华[1]诸人均未出席，故开会经过甚为良好，除承认书面决算外，并决定为增厚行基计，将去年盈余不予提分，仅发股息。最后，对晚及夏生兄均根据先生之报告，董会及股东大会复决议，予以书面奖勉。去年股东临时会推派之查帐员叶芳股东，口头提出报告材料，虽有不同，其原则与先生之报告相同，并对于沪行之建国法院与温行内账之萧户均有主张，至六月八日与十二日之董事会则由大华发起，系属纠纷问题。本行之纠纷非由于业务之不良，亦非由于办理之不善，其根本所在，去年夏间在温，先生曾与晚畅言之，来科、庭侯[2]二兄据其所言，皆称先生已先道及，深佩先见。此次种种不过为其必然之一阶段耳。大华诸人无论为商业经营，或为私人用场，均苦不能予取予求，故时时刻刻咸欲攫取本行为其所有，以餍其欲。

青兄[3]自温返沪后，谓温州诸人如何不满，虚虚实实，均难逃先生之洞鉴，主一切事务由常董会协议，寄老[4]亦深知其题外之意，总觉复杂纷争，前途悲观，久已不惬于心。乃于其在京返沪之际，留交青兄一函，欲辞董长之职，拟请青兄继任。其时，晚已前次赴温，迨返始悉。晚在首次赴温之前，原已赴京一次，参加在京召开之常董会，会后青兄语晚，谓大华需要头寸，拟将其投资瓯实之股票出卖，晚告其俟晚出席四月杪各会返沪后，再作解决。彼时来科在沪养病，迨晚返沪，乃将萧意与来科兄言明，来科兄主由各董监受让。迨偕谒寄老，寄老袖出萧之复函，谓彼本人因法商学院负债过巨，拟将其本人之股出让。旋晚赴京晤萧，距上次相晤约半月许，萧言大华因其仅有之资产大德轮船售出得价十一条半，故大华之股不再出卖，且欲买进萧之让股，彼时萧之股据原已寄存大华，超英[5]、来科二兄曾赴京与萧谈妥，仍由董监受

1　指大华兴业股份有限公司，萧铮创办，经营进出口业务。

2　来科指翁来科，庭侯指王庭侯。

3　指萧铮，字青萍，温州人。民国扶持自耕农运动的发起人。

4　指徐寄庼。

5　指李超英。

让，无如大华不肯交出寄存股据，卒至股据仍为大华受去，从是乃更换董长、总经理、经理之举动逐步付之行动。六月八日之董会原系大华发动，欲以之更换人事，迨开会时全体对寄老一致挽留，而对其提出之不信任总经理案，则决议须提出书面理由，交七月二十日在沪召开之董事会核议。温方同人对股权之收回最为注意，已做到保管萧让出之股据，但大华其他股份尚不在少，若不设法解决，而本行之安定与安全仍不可恃。众意极盼大驾于七月二十日前赶回上海，共策进行，仰仗鼎力解决纠纷。川费已定由行供给，务恳早日命驾，至深企祷。此颂

大安

晚叶风虎顿首（1948年6月）

附：朱铎民复函

啸谷吾兄左右：

手教奉悉。本行纠纷早在意料中，弟于由川返沪途中，似曾与寄老一度言及，惜言之过早，故未能引起同人之注意预防，为可惜耳。惟来函中有不能明白者，既言大华不肯交出萧之寄存股票“卒之股据仍为大华受去”，何以又说“温方同人对股权之收回最为注意，已做到保管萧让之股据”。前后颇难当解，即请详示。如萧股让与大华，所得是否占有绝对多数，乞即示知。又，萧股让与大华作价如何，兄知之否？

七月二十日之会正在溽暑，弟年老多病，惮于跋涉，如能免役更好。年来处处心灰意冷，深怕与热闹朋友争论是非（弟意此事去调停之阶段尚早），兄闻之，得毋一笑乎？

云门承捐巨款，深为感谢，世乱年荒，吾辈惟有多做好事，方免浩劫。即不然，大难临头亦得心安也。兄以为如何？敬颂

公安

弟朱镜宙顿首，六、廿四

弟昨晚忽发疟疾，不知有何特效药，请代一询医生。

不知弟之作价加股股票或收据及去年廿万元加股之收据（董事夫马费扣去）均未收到，如何请详示。夏生兄均安。

2

铎老赐鉴：

六月廿四日手书敬悉。尊体病疟可用阿的平及扑疟母星治疗，定告药到病除。西药进步，奎宁已成治疟之过时药品，上项二药为时效用药，阿的平可治恶性疟疾，亦可治普通疟疾，而奎宁仅能治普通者。阿的平为片制，有德国制及美国制二种，效用相同，每片之份量不同，服用时遵医嘱或照其说明书服食，至疟断为止，每日继续服食，以一片为度，约一星期则可免重发。扑疟母星专治疟母，可与阿的平同时服食，其份量如其说明书，盖阿的平不能扑杀疟母，与扑疟母星不能奏扑杀疟菌之良效相同，故二药以兼用为佳，而服用扑疟母星以至疟断为止。以上二药不可逾量服用，晚曾发现友人犯此而致中药毒者。晚家人口众多，若确实证明为疟疾而非他病且无夹杂症者，皆用上药自行疗治，再不破费请教医生也。

尊夫人之函已随当班轮船寄去。

大华意存夺取本行，故其股权愈大愈好，用是以重价购受萧之股权，其七条半（本行之资本额为五亿元，大华本身约七千万元，建国高商约二千万元，萧之股权约六千余万元，华西公司约二千余万元，合共一亿八千万元）自萧股获得后，犹有在温、沪分头揽收股权，以无人应揽，仍保持其一亿八千万之数，犹未达到半数。萧之股据寄存大华，大华又于晚在温时乘机与萧谈判，是以超英、来科二兄劝萧归让董监，其时大华不肯交出股据，萧又已用去大华不少款项，萧已无力控制大华，非将其股归让大华不可，故卒之股据仍为大华受去。大华得萧股后，本身已属竭泽而渔，孤注一掷，势非夺到瓯实不可，而现有人事均非供其驱使之人物，故又非迅速解决人事不可，迨董监在温开会，不赞成其议，则大华仅得七八城，转成其本身之泥足。温方同仁对股权之收回既最注意，大华乘风转舵，乃在一半装聋作哑，一半撒娇撒痴之情态下，被做到保管萧让出之据阶段，乘机休战，延至七月二十日再看情势进行。晚意以最近已届调停之阶段，故前书吁请驾临借重鼎力，如贵体已占勿药，极盼期前赶到，毋任翘企。专此布复。祇颂

大安

晚叶风□顿首（1948年7月7日）

又，八日电汇旅费三千万元交韶关交通银行许经理，坚不收，至希查收。又及。

七三、于右任　1通

于右任（1879—1964），原名伯循，字右任，民国后以字行，陕西三原人。同盟会员。民国后，历任交通部次长、陕西靖国君总司令、上海大学校长、国民政府委员、陕西省政府主席等，1930年后任监察院院长。有《于右任先生文集》《于右任先生墨宝》等。

铎民老弟厅长：

接奉手书，益滋系念。老弟关怀西州实业，努力奖励，并为商人本身设计，尤深欣佩也。所有护□烟业之意，特转知在沪商行，俾有与针外，专此布信。即颂

政安

于右任上之，一月八日

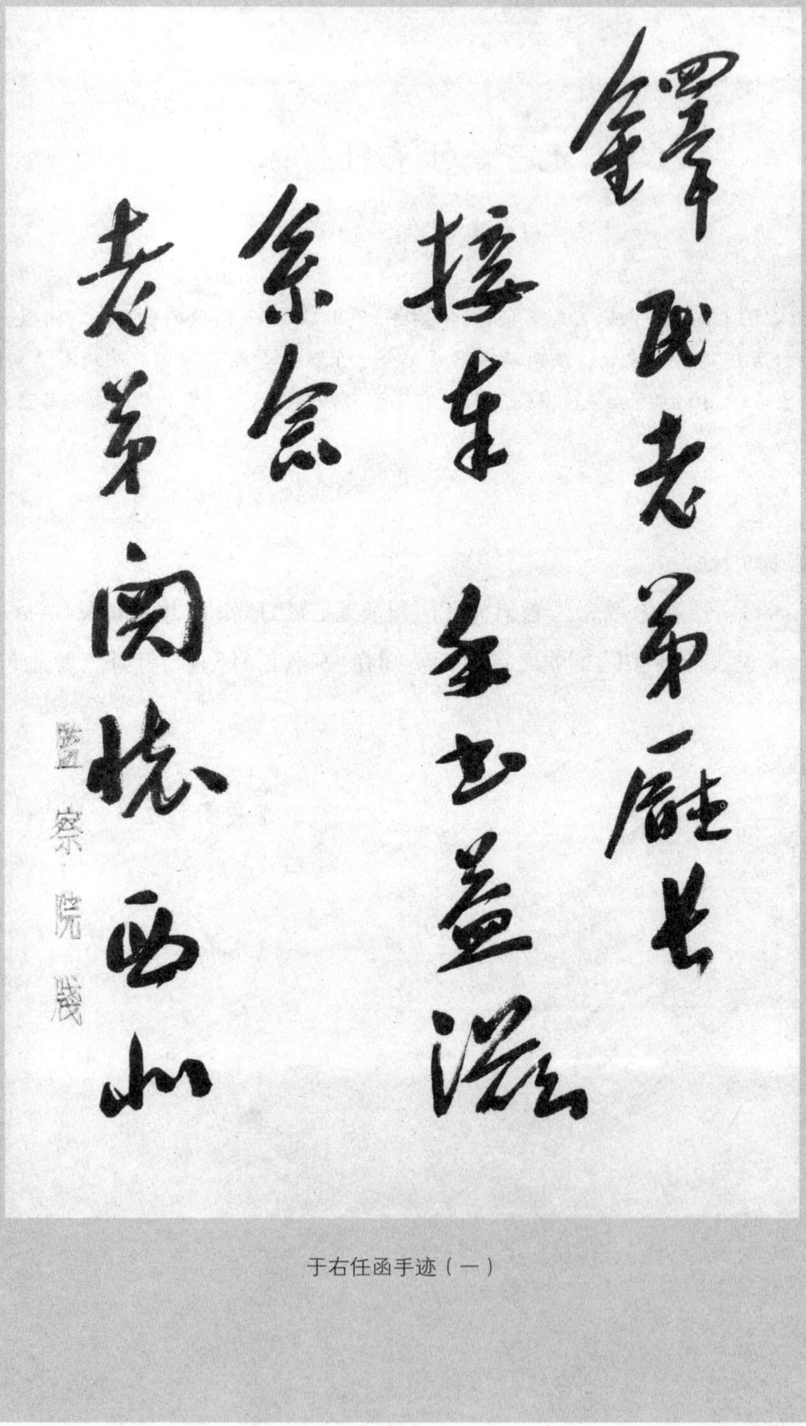

于右任函手迹（一）

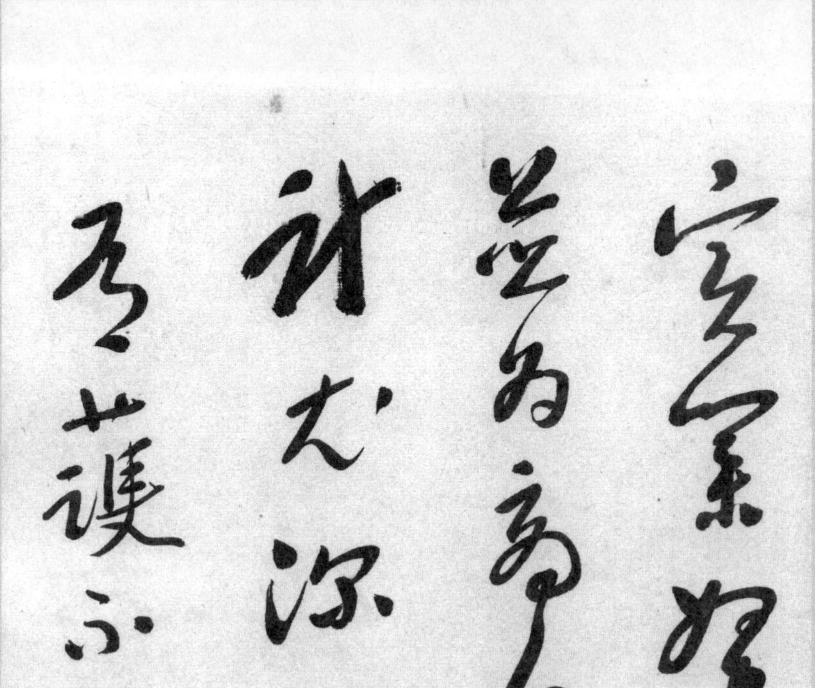

于右任函手迹（二）

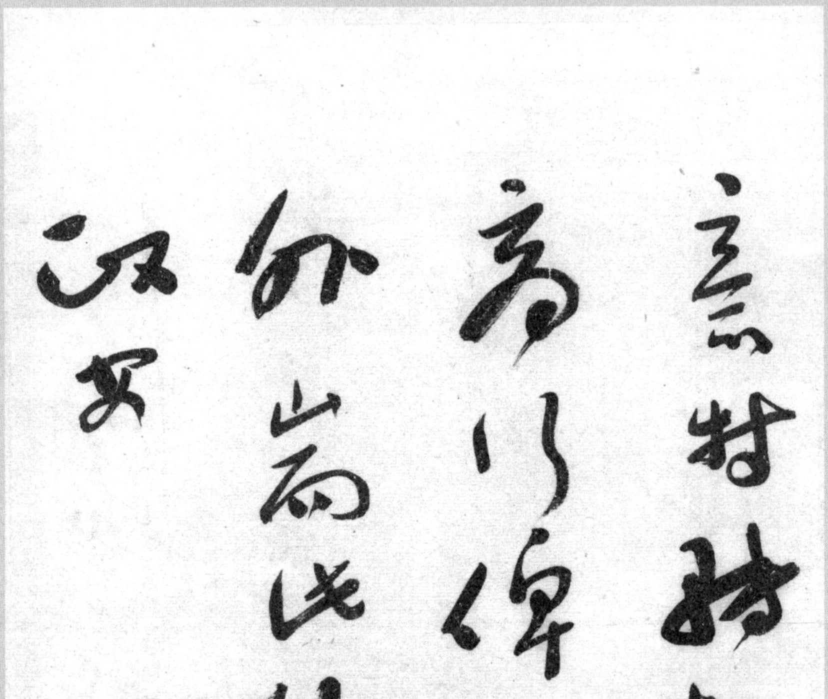

于右任函手迹（三）

七四、余绍宋 4通

余绍宋（1883—1949），字越园、樾园，别署寒柯，浙江龙游人。清末入日本东京法政大学留学。回国后任外务部主事。民国时期曾任司法部代理总长、北京国立法政专门学校校长、《龙游县志》总编纂及浙江省通志馆馆长等。抗日战争期间，被推任浙江省临时参议会副议长、代议长。

1

弟月初因家事返衢州，前晚始来杭，大教并电适到，拜承一一。家叔辱厚爱，感不可言。惟两周前因在民众运动场散步，突被洋车碰倒，致伤右脚筋骨，医治迄今尚未全愈。据医言，尚须时日方能复原，一时实未能成行。当发一电奉复，计达记室，电文过略，公或未详原委，用更具简奉闻。家叔被兄知遇，极愿一效驰驱，足伤实出意外，非敢计薪资之多寡也。

属画四尺条稍暇必当从邮寄奉。闽变既作，此间人心惶惶，弟亦无好，惟久未亲笔研墨。附与张君书已送致。手此陈谢。即颂

铎民吾兄先生政绥

弟绍宋顿首

陇中政象何若？便中赐示一二尤幸。

2

铎民吾兄先生大鉴[1]：

奉书敬承安善，极慰。赐润不敢不领。惟近日敌犯浙东，势甚猖獗，人心不免震动。敝县龙游，亦浙赣路交通孔道，以是倍形紧张。弟所居之山中，能否无事，亦甚难说。故属件必俟局势稍定后方能命笔，宣纸亦急切觅不得也。苏日和好，影响抗战不小。奈何！奈何！拙诗数章呈教。余不悉。即颂

道安

弟绍宋顿首，四月廿五日（1942年）

3

久未通问，伏想动定安胜。弟于上月来粤扫墓，兼览粤中名胜，顷自罗浮归来，得家书，知兄有所属。客中笔墨不备，难以应命，深为歉仄。弟不日尚拟广西之游，一览桂林阳朔山水，大约尚须四五旬方能归杭，不知尔时补作寄奉亦嫌迟否？专此奉达。即颂

铎民吾兄先生道安

弟绍宋顿首，四月一日

复示寄杭。

1　此通编入周永良主编《余绍宋书画集》，中国美术学院出版社，2007 年版。

4

弟因嫁侄女返衢州，今日始来省，获诵手教，并润银十元，敬承一是。

贵友嘱绘之图原题为“渡海寻骸”，公示称为“万里寻骸”，想系误忆。此图甚不易作，前函重以尊属，故仅索润卅金，今仅来此数，想前函尚未达览，希转告贵友弗以见属，来银（容即汇返）皆存敝处，如何？

铎民先生仁兄惠察。

弟绍宋顿首，一月九日

七五、曾琦　1通

曾琦（1892—1951），字慕韩，四川隆昌人。辛亥革命前后任重庆《国民新报》主笔。1916年入日本东京中央大学攻读法律。1918年回北京，与王光祈等组织少年中国学会。1919年8月赴法国留学，后与李璜等人在巴黎组成中国青年党，选为党务主任，次年任委员长。1924年回国创办《醒狮》周报，任总编辑，并在上海兼任大夏、同济、学艺等大学教授。1938年后任历届国民参政会参政员。

镜宙兄鉴[1]：

惠书敬悉，尊论极是。所列各项，沪上人士之明白大体者，议论亦大抵相同。惟"外人排华"一语，尚鲜道及。吾兄独表而出之，从此国人或不以排外为罪，而外人亦无辞可措矣。慰甚，佩甚。率复不宣。

弟曾琦白（1925年）

附：朱镜宙致曾琦

愚公吾兄大鉴：

海外一晤，忽忽五年矣。自去秋迄今，曾两度赴沪，彼此相左，未得一叙契阔，怅何如之。五卅事件，日来进行至何程度？道梗邮阻，消息沉滞，不胜念念。窃以为目前吾人所应注意者有下列各事：一，罢工务应缩小范围，

1　录自《醒狮周刊》第39期。朱有发先生提供图片。

且宜分别界限，认清目标，除对英日工厂公司外，余应一律照常工作。至于本国工厂、公司，不特不可辍工，更应乘时扩充，日夜工作，免致以外货缺乏，感受困难。二，罢市应认定专对英日两界而发（如日人能彻底觉悟亦可放松一步），余如法界华界等可照常开市，不特可免巨大牺牲，亦以明吾人对外态度与目标所在。三，应通电各地学生会、工会、商会，及各团体务须谨守秩序，并宜力防奸人借端生事，转授人以口实。四，应速组织英文宣传机关，俾各国皆得明了此案之真相与其责任所在，此项宣传，务须普及各国，记载亦宜力求详明。五，各团体对于此案所要求之条件，应有明确一致之主张，万不可自启纷扰，致乱步骤。最好组一最高机关，使各界公推代表参与，以便遇事易于接洽。六，此次风潮之所以扩大，其原因决非一朝一夕。而百年来高压之外交，与不平等待遇，实为其导火线，倘不从根本上解决，中外感情永无彻底融洽之望。故此案即使解决，仍应继续宣传，俾中外人晓然于前因后果所在，得有随时改善之机会，庶不致再演此等不幸之惨剧。七，外人皆以国人排外为辞，可谓滑稽之至。他不具论，姑就上海一埠言，黄浦滩公园，惟狗与华人不得入内，上海之市政会，他国皆有代表，惟中国人纳税额最高而代表反无一人。他如跑马场等公共娱乐机关，凡属华人，一律皆不得参与。反之，为中国人所有者，外人无一不可自由享受之。然则中国人“排外”乎？抑外人“排华”乎？苟一平心静气加以理性之判断，当无不哑然若失。夫关税等等，尚可委之于条约。至以上所云，皆与条约丝毫无与，不过起于“歧视”之一念而已。

近两年来外人时有不入耳之论调曰：“华人苟以租界待遇为不平，可迁去云云。”此种绝无理性之言，其中充满着无限骄矜之态度。中外感情之障碍，实此种态度有以致之。吾人于此设若反唇相讥曰：“如外人不愿与华人合作，请不必远来中国。”未知彼辈复何辞以对？总之，旅居中国之外人，苟不彻底觉悟，抛弃其历来战胜国之态度，中外仇视之观念，终无法可以消灭，不幸之惨剧正未有艾，此不过其发端耳。吾人处于此种严重状态之下，益觉“宣传工作”，实较任何其他工作为重大，未悉兄以为然否？此请

撰安

弟朱镜宙敬启，六月九日

七六、张炽章　3通

张炽章（1888—1941），字季鸾，陕西榆林人。留学日本。任上海《民立报》编辑，1912年曾任孙中山秘书。1915年与谷钟秀、杨永泰在上海出版《中华新报》，后任总编辑。1925年任陇海铁路会办。1926年改组《大公报》，任总编辑。著有《季鸾文存》。

1

铎民我兄鉴：

手教祇悉，行严[1]书件容取来邮寄。时局无何新闻，但江浙间似甚紧。广东最近孙军稍胜，两军相持于石龙之东，最后解决尚不知何日也。我兄年内尚来沪否？佳期已拟定否？念念。此颂

大安

弟炽上言，十二月二日

2

铎民吾兄：

得手书，知履新后情形，日来想正大忙，前途进步定可预卜。

郭丕基已嘱其即日回省，听兄驱策，此青年诚笃而明敏，弟可保证也。

1　指章士钊。

再有恳介：有老友冯绍芳君为陕省同盟会旧人，靖国军时代尤有劳绩，其人忠诚可信，龙门诸同人皆深知之。兹特介绍于吾兄，乞遇机试用，定不负委托，龙门亦将向兄说项也。弟另函嘱其晋谒，乞推爱赐教为感，余事另陈。即颂

政祺，不一。

弟张炽章上，十二月七日

3

铎民吾兄大鉴：

上海盘桓数日，即复别去，荣行并未及展送，怅惘奚似！前以厦门事起，遂以烦兄，种种费神，公私感谢。而最可惜者，则弟不知兄于大北发电，故以中国电局所挂之号奉告，以致兄前后之电俱未接到，及经调查，乃悉俱送此间某华侨银行，其事大可笑，而使兄枉费劳力，殊为可惜也。敝局大北挂号为0044，万一有特别重大变动时，请赐告一二。所有前次之款已嘱柱公接洽照寄。

上海情形如故，议员已近开会之数，但民八民六尚大有问题。黄陂[1]前已决计南来，旋以段[2]派态度不定，又已展缓。太炎先生近为湘事极愤慨，且力主黎之南下[3]。此老忧国热诚，吾辈殊觉感佩矣！今年秋冬间不来沪成婚否？盼盼之至。此颂

暑安

弟炽章，十五日（1923年）

---

1 指黎元洪。

2 指段祺瑞。

3 黎元洪于1923年9月8日秘密离津，于11日抵沪。

七七、张东荪　1通

张东荪（1886—1973），原名万田，字圣心，笔名东荪，浙江杭州人。早年留学日本，辛亥革命后任孙中山临时大总统府秘书，后任中国公学大学部部长兼教授，1932年与张君劢等组织国家社会党，发行《再生》月刊，之后历任光华大学文学院院长、燕京大学、北京大学教授，中华人民共和国成立后任中央人民政府委员、政务院文教委等职。

铎民吾兄：

忽奉手示，如晤故人，快也何如！太炎先生到平以后连晤三次，座上客满，未得深谈。

沪报传弟组党，乃根据此间小报之造谣，弟已致函《晨报》更正之矣！国事败坏至此，本匹夫有责之义，自未能恝然不问。惟国民党专政数年，国人于党已厌闻之况，此后趋势必重在举国一致，国民党以不容人、不兼蓄、不并包为政，致有如此结果，此后势必一反所为，兼容并包，谓为各派合作，亦可谓为无党政治，亦无不可。在此趋势，而再组党，未免不智。故沪报之言不足信也。

惟弟等则确有杂志之组织以为当先，以政论与天下相见，必经五年、十年方可言实行，故自必要言，此时亦无妨也。如遇故友，亦望以此意达之，藉以辟谣，如何？此上。即请

大安

弟东荪上

七八、张继　2通

张继（1882—1947），原名溥，改名继，字溥泉，人称三将军，笔名黼，河北沧县人。早年留学日本，归国后任《苏报》参议。1904任明德学校教习，与黄兴创办华兴会。次年参加同盟会，参加二次革命、护法运动。历任国民政府司法院副院长、北平政治分会主席、中央监察国民党华北办事处主任、国史馆馆长等。

1

铎民吾弟左右：

前接六月廿七日惠书，本应即作复，因近日精神慌惚，欲书辄罢。《六朝写经残石拓本》拜领，多谢！内人每日诵《往生咒》，毫无间断。鄙人无发性，且不能起信，精神疲倦时，更不能诵读也。

□□扰乱沦陷区域，诚如来书所云“众生福薄，浩劫未已”。鄙人因许多烦恼排脱不开，更增烦恼错杂之思想，反易妨害学佛。老弟将何以教我耶？专覆。顺颂

俪安

张继拜上，卅四、七、十七

2

铎民老弟左右：

闻台端不日东行，如在沪上见贝淞生先生，请费神为小女瑛事代为说项，彼在中央银行国库局及业务局任职将近多年，中央总行已迁沪，而小女仍留重庆行服务。鄙夫妇不久返京，一美亦在外交部任事。小女携多小孩独留此地，诸多不便。请淞生先生将其速调京沪。前曾托庸之[1]先生说过，惟尚未接通知也。专此，顺颂

旅祺

张继拜启，卅五、五、十六

1　指孔祥熙（1880—1967），字庸之，号子渊，山西太谷人。任南京国民政府行政院院长，兼财政部部长。

七九、张寿镛　1通

张寿镛（1876—1945），字伯颂，一字咏霓，号约园，浙江鄞县（今宁波）人。光绪二十九年（1903）举人。民国后历任浙、鄂、苏、鲁省财政厅厅长，江苏沪海道尹。1927年任国民党政府江苏省政府委员兼财政厅厅长及上海中央银行副行长、财政部次长兼江苏省财政厅厅长等职。

铎民我兄阁下：

两过渝州，绸缪备至。郇香再扰，欢洽生平。弟多难登临，颇得江山之助，情之所至，寄之于诗，工拙不计也。兄诗人也，何以教我？

香水小住，雅俗大殊，谡谡海风，不啻天地怒号，无时或息，唯浅水湾里恰如故乡普陀景致。昨咏香港二诗，第一首中联有“九龙云鸟阵，六月纸鸢风”句，第二首末有“一湾清浅水，浴罢拾砗磲”句，皆纪实也。客中无事，仍理诗稿，书此鸣谢，并当面谭。即颂

日祉

弟张寿镛启，八月三日

八〇、张西曼　1通

张西曼（1895—1949），又名百禄，湖南长沙人。1909年，入学京师大学堂。曾任国民政府政治顾问、国民政府立法委员、中国边疆学术研究会理事长等。因在抗日战争中的表现获国民政府颁发的“胜利勋章”。

兰州辱奉惠书，以准备南来，亟图面陈梗概，致稽裁答。比来奔走各方，结果尚称圆满。惟甘省府改组，暗中似有进行，人选确情，尚难得悉。弟以正当政治见地，见愠朱洮之流，将来是否再回西北，纯看一民先生主张是否坚定。好在西北青年对弟颇加尊重，政军各界感情亦洽。一民果以事业存心，对于忠贞干练之才，当多有罗致。否则无以统一政治，安定民生，而纾中央西顾忧也。余情容面达，不赘。专颂

铎民老兄道安

弟张西曼谨启，八月廿四晚

勉建、中夷、季明、炎武诸兄托庇均吉。

八一、张元济　4通

张元济（1867—1959），字筱斋，号菊生，室名涉园，浙江海盐人。清光绪十八年（1892）进士。由庶吉士改刑部主事，充总理衙门章京，因参加维新变法活动被革职。光绪二十五年（1899）主持南洋公学译书院。光绪二十八年（1902）正式进入商务印书馆，次年出任编译所所长。民国四年（1915）出任商务印书馆经理。

1

铎民先生阁下：

敬复者：昨李拔兄[1]交到手书，展诵祇悉。敝公司访求旧本薛氏《五代史》，辱承指示，不胜感幸！

汪君允中[2]确藏有是书，惜其生前已售于粤估，而又无姓名。已从其甥某君觅得汪君自撰《货书记》，曾节录一段，今以呈阅。已在粤省登报寻求，并托友人就爱好书籍之朋辈中四出诹访，殊无端倪。法国图书馆亦已托人询问。特恐购者束之高阁，并不知为何物，则天壤间仅此孤本，沉埋亦甚易易耳。

1　指李宣龚（1876—1953），字拔可，号墨巢、观槿，福建福州人。光绪二十年（1894）举人，曾任湖南桃源县知县、江苏候补知府。民国后供职商务印书馆。著《硕果亭诗》《墨巢词》等。

2　汪允中（1872—1918），亦作汪允宗，名德渊，以字行，笔名寂照、寂音等，安徽歙县人。光绪二十八年（1902）游学日本，加入同盟会。光绪三十一年（1905），与于右任等人创办上海《神州日报》，任主笔。著有《孟子辑义》《会事庐笔乘》等。

尚有粤西某君来言，家藏是书已历数世，中有残阙，索价甚昂，亦已允之，令携来一看。事隔数月，尚未取到，或者尚未绝望。倘有所获，即当奉达，藉释廑注，专此布谢。敬颂

台安

弟张元济顿首，十月十四日（1930年）

太炎先生久未晤面，想起居安吉，并祈代为致意。

2

铎民先生阁下：

奉十月十七日还示，奖饰逾分，惭悚万分。汪君瘦苓向不相识，闻其人现在天津，亦甚韬晦，容托人往访之，如能探知一二，求得是书，固极妙也。

“眉山七史”虽各有宋刊若干卷，然总有明补搀配，殊未当意。先生爱好古籍，如有所见，尚祈指示。敬颂

台安

弟张元济顿首，十月十八日（1930年）

3

铎民先生阁下：

昨奉十九日手教，辱承存问，至感盛意！商务印书馆之至于今日，皆群策群力之所为。弟有何能，乃荷逾格奖饰，弥增惭恧！

此次损失极重[1]，倘能得方面之谅解免于破产，或可重张旗鼓。弟虽衰病，仍思为社会稍尽职责。

《百衲本二十四史》照成底片，仅仅携出数种，然祖本大都借自公私藏家，尚可设法通假。唯蜀本《周书》有两部正在摄影，已被六丁取去。劫后曾捡回数十叶。就弟所知，此书在海内外只有邋遢本，均不能用。无已，则只能用北监本，然未免太不相称。此则最为踌躇者耳。手覆。敬颂

台安

弟张元济顿首，四月廿二日（1932年）

4

铎民先生阁下：

昨承枉顾，获领教言，甚慰饥渴，极思造访，续接麈谈。不意小有感冒，昨夜身热，今晨谒医，戒勿外出，必须静卧数日。谨先陈明，一俟痊愈，即行诣答。专此。敬颂

台安

弟张元济顿首，八月十三日

刘廷蔚先生伉俪并乞代候。

1　指 1932 年淞沪战役爆发后，1 月 29 日凌晨，商务印书馆及东方图书馆被日寇炸毁，损失极重。

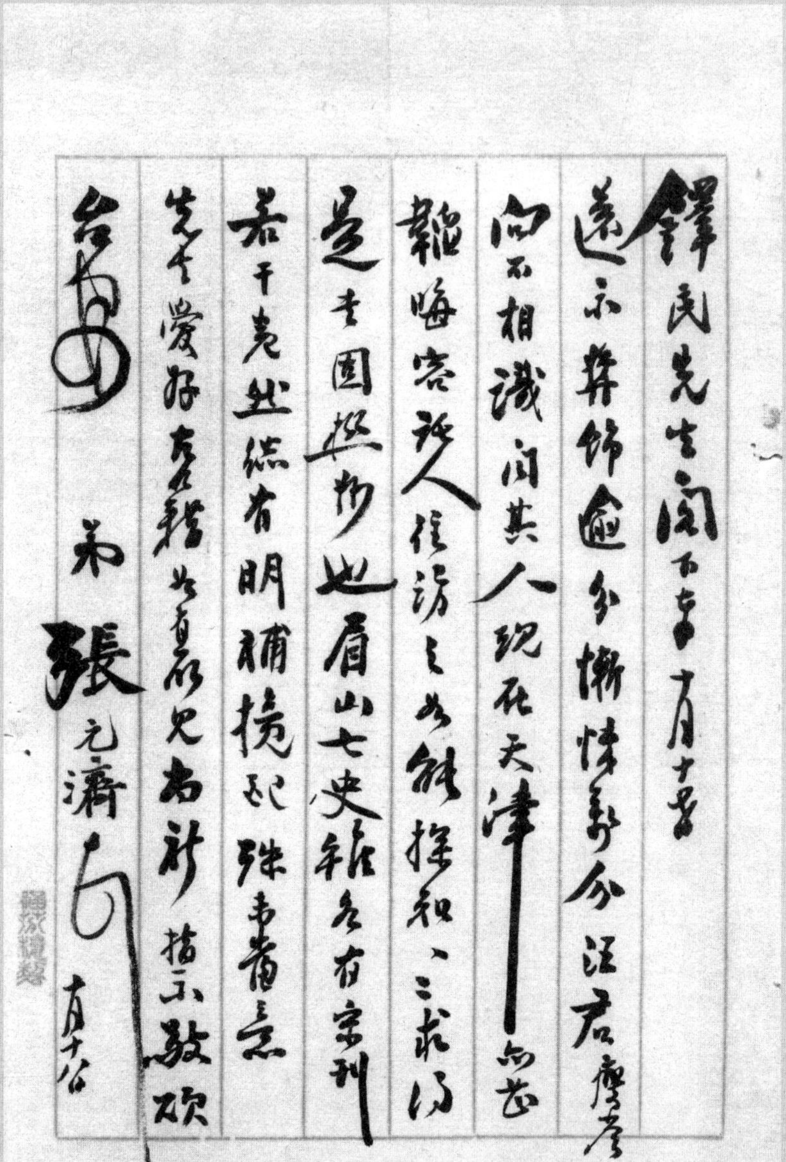

张元济1930年10月18日函手迹

八二、章炳麟 7通[1]

章炳麟（1869—1936），原名学乘，字枚叔，后易名为炳麟，又改名为绛，号太炎，浙江余杭（今杭州）人。清末民初民主革命家、思想家，著名学者。

1

铎民贤倩足下：

前数得手书，已寄一覆，何以至今尚未到也。生日又得祝电，近更得一书，知婚期定于除历二月廿间，但指定何日，须由足下决择，择定后乃付季鸾可也。如不诹吉日，随意选日，本无不可，如沿俗例诹吉，但使于足下及穆君（己亥年生），本命不相犯可矣，厦门亦有日者可问之也。定后即可与知，以作准备。定奁资礼费合三千元，奁资二千元，且交穆君自办，礼费千元，由愚处零碎发用。大约仍有一半赢余，毕后仍付穆君也。男女两家行礼请客，各由自办，愚处多照旧式，足下处任自主耳。观礼券亦应由男家发出，夫妇二人列名可也（远地的不必发，千里来观，事所必无）。此问

刻祉

章炳麟顿首，十月二十日

1　均据朱有发先生所提供原札复印件录入。

2

铎民贤倩足下：

林君来，收到桂圆一篓，随属厦门中学教员龙君带致，笋干、咸肉各件，本月八号内人又致穆君一函，近想已收到矣。今接五号来书，所说穆君病状危险至此，不胜骇异。外人名为血蛇，是否中国所称红丝疔一类，如其即此，不可开刀，前胡笠僧即以开刀受害也。脚去心远，但不上延，当可无虑（膝上务须扎紧）。中土对于外证，向主忌口，西医则否。然如疔毒之类终以忌口为是，肉及鸡蛋且弗令为要，其余能尽忌最佳，不能则如火腿、冬瓜之类，不妨餐服耳。接信时去发信已九日，复信到时或已占勿药，则更欣慰矣。此问

起居康胜

麟顿首，九月十四日

3

铎民贤倩鉴：

承问欧阳谢表语所云“零于清血”者，实即“零清血”耳，质言则是“流泪”也，赐集而以捐躯流泪为言，缘事在仁宗殁后，追思恩遇，故有此言。唯词语终有未稳，大抵四六文章，非读书广博、运用自然者，往往有凑砌之病，欧亦不能免也。此复。

麟白，民国二十年二月十九日

4

铎民贤倩足下：

导儿纳妇草草成办，近况尚如昨也。兹有庆阳张君庆华，昔在济南以团长资格抗日事过失官，其人本辛亥革命同志，志趣不凡，现随甘宁青盐务收税局长水君到兰，以盐税财政事多关联，属介绍与足下一面，张君在今日可谓有志未展者，且年力亦正富强，他日必可为国展效，足下见之，自能知其襟抱也。特书。顺问

起居康胜

章炳麟肃，一月十六日

5

铎民贤倩足下：

生日承远电致祝，谢谢。河湟间气候高寒，卫养当慎。吾在长春时年亦四十余，寒溧虽甚，然炉火完备，犹不能耐，足下在彼可知矣。

“回部”又扰，虽止疏勒一隅，其种类遍布，天山南路恐非盛世才所能了，新疆一陷，甘凉、安肃即为边地，百孔千疮，无处不起。今日虽有伊管，亦难为力，吾辈分作左衽，又何言耶？

章炳麟肃，一月廿六日

6

铎民贤倩足下：

得书具悉，汲古《十七史》近人视之不甚贵，上海不过值百二十圆，两

湖不过值八九十圆，不意闽土尚值三百余金，此种书可不必买，盖营业必无利也。

和陈两律大致颇好，而字句不甚妥帖。第一首“天涯薄宰官”，“天涯”两字不合，当改作“人中”。第二首“风物尘心歇”，“风物”两字亦不合，当改作“轩冕”，庶与下三字相应。题称“石遗前辈”亦非当，改称“先生”或称“丈”皆可。此问

起居康胜

麟顿首，五月三十日

穆君均此。

7

铎民足下：

本日由中国银行交到手书并荔枝一篓，慰甚。本年梅雨太盛，上至湘赣，下至浙之杭绍，亦患水灾，米价恐必涨至二十圆外，未知闽省何如。入伏以来，气候渐热，此间以前遭淫雨，霍乱渐作，厦门如何？饮食盖藏，务望注意。此问

近好

麟顿首，七月二十七日

穆君、厦生均此。

八三、章篯　1通

章篯，章炳麟兄，从钱塘仲昴庭学医。光绪十四年（1888）举人。

铎民贤侄倩英鉴：

顷展手书，具聆种切。厦门近日平安否？甚念甚念！

吾浙僻处海滨，胜之不足以示统一，不胜则损威重而有碍高位，实非用武之地。如果能统一全国，区区一浙自随大势所趋，此理易知，惜无人为之提醒耳。吾辈小民身家性命日处危境，亦无可如何，只能听天由命。亭林言“匹夫有责”，然亭林当日究不能回大局，盖匹夫终无实力，只得诿之数与命也。手复。即颂

旅祺

章篯鞠躬

八四、章士钊　1通

章士钊（1881—1973），字行严，湖南长沙人。清末任上海《苏报》主笔。辛亥革命后曾任广东军政府秘书长，在段祺瑞执政府中任司法总长兼教育总长。1949年为南京国民党政府和平谈判代表团成员。中华人民共和国成立后，历任政务院法制委员会委员、全国人民代表大会常务委员会委员、中央文史研究馆馆长等职。

铎民兄左右：

林先生诗甚好，拙题一首，请为寄去。前岁在成都未得见。钊懒作缄札，希将此纸夹入，借示拳拳。再有佳篇，更希续读。顺候

痊福

士钊启，十六日

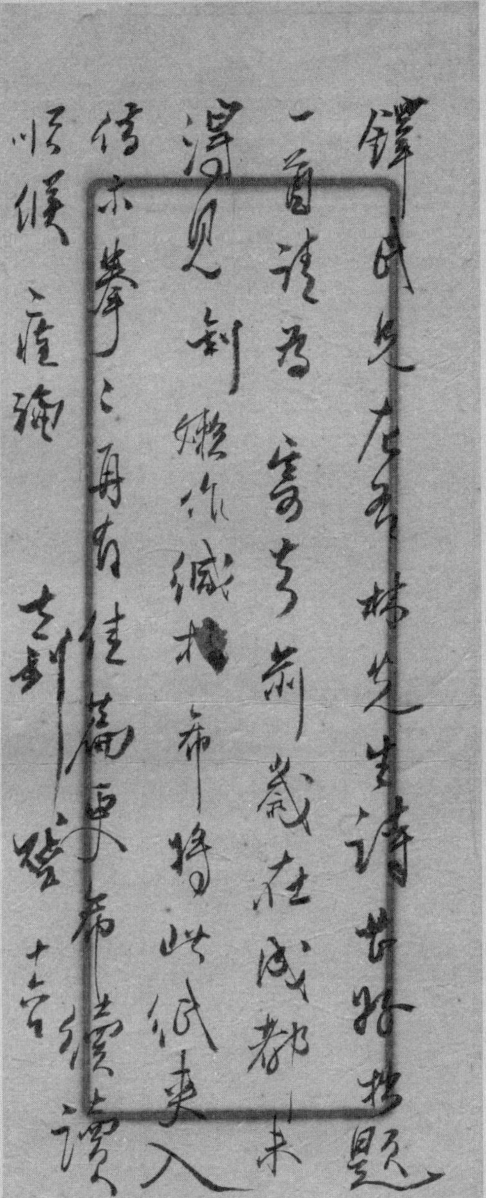

章士钊函手迹

八五、章箴　1通

章箴（1865—？），字钟铭，浙江余杭（今杭州）人。章炳麟兄。光绪二十八年（1902）举人。曾任杭州安定中学、宗文中学国文教员，浙江印铸局编纂等职。1913年4月，任浙江图书馆监理兼编辑，1922年起任馆长，其间曾创办《浙江公立图书年报》。1924年发起组织浙江省图书馆协会，当选为会长。编有《浙江公立图书馆保存类图书目录》《浙江图书馆通常图书目录》及《乙卯补抄文澜阁四库全书目录》。

铎民侄倩惠鉴：

廿三日曾寄一复，是晚得书，诵悉。收条本不须缴还，惟入会证明书照章应与正式会证交换，如存在者，请便中寄下，倘已遗失，则请置之，无庸再函浙会也。此间信息甚紧，诚如来示，恐不得免，如何如何！穆君[1]中元后回沪，勿念。此问

近好

章箴敬复，八月廿五

1　即章珏，朱镜宙妻子。

八六、赵熙　3通

赵熙（1867—1948），字尧生，号香宋，四川荣县人。光绪十八年（1892）进士，授翰林院编修，宣统元年（1909），任江西道监察御史。辛亥革命后回籍。

1

铎民先生：

属书既备摩岩之用，应不急在一时。不佞正拟下乡小住，俟归来再从事于此。渝难汹汹，各地震惊。

闻翊云[1]将寓王通桥，如此则与公近，可朝夕谋快聚矣。年事幸丰，上天之降。匆布。即颂

时祉，不一。

熙再拜，小满

2

铎民先生：

大诗已稳，似无需推敲，惟寻常书件、画件只增尘气，正可随缘应付，不必深论也。不佞冬春颇病，今渐复元。去秋承馈药酒多至三十斤，甚谢甚谢！

1　指江庸，注见前。

今年乃知南游未果，闻之怅然。草颂

时佳不一

熙再拜

3

铎民先生：

敝县水灾蒙赈国币伍千，感佩无极！诸称慈悲□□，公其一也。

承问泌子[1]往事。宣统时有法民坐人力车，给价未究，以手杖痛击车夫，警兵喝之，车夫以所给价钱铺云不可使用，法民以车夫换假银角讹诈到署，泌子命搜检车夫，乃无一钱，因判法民理绌，拘押半日，市人称快。次日法公使责问警部，中国无治外法权，不经法公使评判，不能拘押。警部为了事赔偿二百元。不知即此事否？泌子今已辞世，不佞尚不闻知。其人才敏，学佛尤勇，良可惜也。

公客内江，尊夫人仍施教泽，不计尊夫人名父之女，必卓然父风，但未审有弟几人。方今成都尚有太炎高足宏扬章学者，特不佞数年不见也。不佞近来作字甚艰，目力足力均惫矣。草草布谢。即敏

时安，不尽百一。

熙再拜，伏天凉雨

1　刘泌文（1877—1944），又名宗沛，字泌子，四川内江人。1903 年进入日本弘文师范大学学习。1905 年参加同盟会，同年毕业回国，任威远县高等小学校长。1908 年就任日本驻华使馆馆区警察署长。1912 年，担任孙中山临时大总统府秘书，1918 年任四川省实业厅科长。1927 年起潜心研究佛学，1937 年被推举为中国佛教协会副会长。

八七、钟伯毅 1通

钟伯毅（1880—1962），号槐村。湖南蓝山人。清湖南谘议局驻会议员。民国元年（1912）当选众议院议员。1921年出任湖南省财政厅厅长。1946年任首届制宪“国大”代表。1949年去台湾。

铎民我兄政席：

京华奉访，未值，次日即首途入川参与禁烟会议。行轺百忙，犹承手札转辗寄渝，展读快慰！

弟年来好游，陈榻在悬，自为良机，或可贾勇一访故人，借觇新猷。弟回湘转京，则汉方能决耳。此颂

新禧

弟钟伯毅拜启，廿五年第三日，沙汉行轮中

附：朱镜宙致钟伯毅[1]

槐老赐鉴：

承赐大作，适患风寒，乃就灯下倚枕读之，觉硬涩中仍有平易在，始知世人所传未为确论，不禁心折久之矣。诗本以写性灵，大德论政好胜心强，自负甚高，彼此争论，往往百折不挠，故其见于诗也，倔强一如其人，此诗

1 据朱有发先生提供原稿照片录入。

之见于性灵者也，非专事雕饰者所可同日语，不知尊见以为如何？阚将军住址已忘却，乞再明示。联语用以刻木，中堂系用高丽纸，因于髯平日喜用此纸作书，故未□意及之，殊以为歉耳。敬颂

吟安

弟朱镜宙叩上，十一、九日

八八、周从政 1通

周从政，号达夫，曾任甘肃省秘书长，代行省主席职务。

铎民吾兄勋右：

前后奉手毕两件，敬悉安抵京门，至慰！承嘱各件，当为随时留意，并已转陈孝公。至肥遁自甘一节，弟未敢苟同，孝公亦大不谓然，只好置诸毋庸议之列，一笑。

秀山、新令任监委事属实，新想能就，秀正迭电力辞，年老气衰，惮于跋涉，是亦人情之常也。

本省政情最近无变化，而要件尚无可搞，容当随时奉达。厅务由倪秘书主持甚妥，遇有问题，弟必竭力代为洽商，希释远注，耑复。敬颂

旅祺

弟周从政顿首，四、廿五

八九、周太玄 1通

周太玄（1895—1968），本名焯，后改名无，号太玄。四川成都人。1920年入法国蒙彼利埃大学，1924年获教育硕士。1930年获法国国家理学博士学位。1930年回国后，历任成都大学、成都师范大学教授，四川大学理学院院长兼生物系系主任，西康经济研究所所长，《大公报》顾问。中华人民共和国成立后相继任四川大学校务委员会主任委员、重庆大学校长、中国科学院常务委员会委员、中国科学出版社社长兼总编辑等。

铎民仁兄先生惠览：

前接覆示，日昨又由农行交来百元，感谢之至！此数弟于今夏出国前必将奉还，祈即原谅。

前阅报见吾兄改长教厅，从此甘省教育、文化得仁兄主持，必将日益发皇，造福西陲，为功不小，可为预贺。弟今年届假满之期，夏间拟到欧洲一行，重温旧梦，成行有日，再行奉报。余俟另详。敬候

道安

弟周太玄敬启，二月廿七日

九〇、朱家骅 1通[1]

朱家骅（1893—1963），字骝先，浙江湖州人。曾主政浙江，执掌教育部、交通部、国民党中央组织部、三青团等。

铎民吾兄勋鉴：

接诵惠书，敬悉一是。吾兄久理财政，洞烛民情，关右之命，深庆得人。乃以清恙未痊，未承命驾，殊为憾事。国难未艾，财政问题所关正重。尚希及时为国珍卫，云霓系望，恐不容贤者之多暇逸也。耑复申臆。敬颂

时绥

弟朱家〇拜启（1940年2月11日）

1　朱家骅书札录自李学功《新发现的朱镜宙六封相关信函——兼论朱镜宙与朱家骅的交往及其人生信仰的面向》，钱宗主编《朱镜宙诞辰125周年学术研讨会论文集》，线装书局，2015年版。

九一、朱希祖 2通

朱希祖（1879—1944），字逖先，又作迪先，浙江海盐人。1905年考取官费留学，赴日本早稻田大学。其间师从章太炎。1909年归国，曾任北京大学、清华大学、中央大学教授，中国史学会主席等职。

1

铎民尊兄先生左右：

上月接读六月二日大札，旋又承惠赐嘉州凌云寺永历十年碑刻一通，不胜感谢。正拟裁答，适抱微疴，不阅书不执笔者几阅二月，稽迟之愆，伏祈原宥。

先师信稿誊正本[1]，来书谓已交徐复君[2]寄沪，又云襄助刻费，义无可辞，然志在独营一专著，一旦告成，除留数十部分赠各省图书馆及友好外，决不借此贸利分文，书版仍运沪，但此心终恐未易见谅于世。夫此高尚义务出资刊书，断无妄人疑心贸利之理，此实兄之过虑也，沪上之意以为现在国难期间，重庆又常遇轰炸，著作稿件保存不易，不如先付排印，如《太炎文录续编》之例，将来续有收罗，俟时局平定，不妨再严行选定，大事增加淘汰，重付梨枣，以求合乎先师手定体例，未为晚也。故弟亦颇赞成此说，非不谅于吾

1 指《章太炎书札》抄本，共录书65通，分为上中下3册，所收书信时间跨度为1914年至1936年。

2 徐复（1912—2006），字士复，一字汉生，号鸣谦，江苏武进（今常州）人。1929年就读于金陵大学，先后师从黄侃、章太炎。曾任教于金陵大学、南京师范大学等。

见也，伏祈坦白原谅为荷。

兄谓志在独营一专著，此意甚善，如先师晚年所著《尚书古文注》，最为生平杰构，此稿现在师母处，尚未付刊，若能独力精刊，斯为盛事。

书札一类去取既难满人意，多刊则近滥，少刊则招怨，故弟亦不愿执选政。《文录续编》，既为鹰若[1]所选，故书札亦归彼选最宜矣。

先师著作刊成丛书者，第一次为康心孚[2]排印本，其后龚未生[3]又刊成丛书，木刻于浙江图书馆，若以定价而论，妄人亦可疑为贸利，然先师无此狭隘之见也。丛书续编写刊最精而又精印，费资稍多，当时在北平诸弟子每人出百金，原议印成各人取十部，余书及木板均送归先师。此事吴检斋[4]经手，然当时弟子七八人所捐不过七八百金，而精写精刊印所费殆近二千金，皆为检斋垫付，彼不谋于众，斥卖百余部，收回成本，亦堪原谅，而版片迟迟运苏，亦彼之咎，然谓为贸利，恐亦未必然也。作事难，批评易，诸事皆然。专此敬复。顺颂

道安

弟朱希祖敬上，廿八年七月卅一日

---

1 指孙世扬（1892—1947），字鹰若，浙江海宁人。在北大上学时师事黄侃，后任章炳麟秘书。

2 康心孚（1884—1917），名宝忠，号连窘，字心孚。陕西城固人。早年留学日本，辛亥革命后回国，任国立北京大学教授。

3 指龚宝铨（1886—1922），原名国元，字未生，号薇生、味荪、味生，别号独念和尚。祖籍上海南汇，出生于浙江秀水（今嘉兴）。1912 年起任浙江图书馆副馆长、馆长，刊印章太炎的《章氏丛书》。

4 吴检斋（1884—1939），名承仕，安徽歙县人。1927 年后，历任北京师范大学、北京大学等校教授，并创办《文史》杂志等。

2

铎民先生左右：

两接大札，并附贵族谱序等，委疏朱氏郡望源流，适抱贱恙，三月未能视事，遂稽裁答。顷又赐笺，约二十五日驾莅敝寓，敝寓现暂迁和平路一百九十九号，祈不必至南岸，下星期二当至歌乐山面晤。专复。敬颂

时绥

弟朱希祖敬上，一月廿二日（1941年）

附：朱镜宙致朱希祖[1]

逖先先生尊右：

昨奉一函，谅荷察收。兹承主修敝谱之乡前辈高先生寄来各表，较为详尽，惟谱例范围较广，多为前人著述所未及，在弟当时之意，以为吾国既未有乡土志，不妨兼采班马史家微意，庶可于一姓之外兼备他日采风之选。且子姓日繁，篇幅愈多，检阅亦自不易，既有各表，则开卷了然，可省翻阅之劳。高君讳之，故敝谱颇多创作，不知先生于此何以教之。兹付邮一并奉公，请察收，暇时当再趋候，弟已下山寓上清寺公司内。敬闻。顺颂

公安

弟朱镜宙顿首，一、七

先岳手卷已题就未，便乞未知。

1　录自朱元曙《朱镜宙与朱希祖等章门弟子的交往——以朱希祖日记为中心》一文插图，钱宗主编《朱镜宙诞辰125周年学术研讨会论文集》，线装书局，2015年版，第22页。

朱镜宙书札

一、致樊光[1]

震初先生大鉴：

久未晤教，惟政祺多吉为颂。敝同乡倪君国经，中国公学大学部毕业，服务党国颇具劳绩，人亦干练可恃，承公兄为栽植，感激至不可言。倪君旅京久，如能早为设法，尤所感盼。我华先生日来贤劳何似？便乞致意。敬颂

公安

弟朱镜宙再拜，四月二十四日

1　朱有发先生提供原函图片。樊光（1886—1962），原名崧骏，字震初，号仙都山人。浙江缙云人。1909 年留学日本中央大学，后加入中国同盟会。1928 年任国民政府外交部秘书长，1931 年 7 月，代理外交部常务次长。1956 年任上海市文史馆馆员。著有《仙都山房诗文集》《国忧集》《香港旧新竹枝词》等。

二、致顾维钧[1]

少川先生星使勋右：

久闻清誉，时怀贤劳。日前自川过京，谒公博部长，知公方有意于西北实业，特介晋谒，适患寒热，医属避风。兹将陈公原函奉上，公以何时较暇，请随时电知，以便趋候可也。敬请

勋安

朱镜宙

1　台湾“中研院”近代史研究所副所长张力先生从美国拍摄，并由朱有发先生提供原札图片。落款为朱镜宙名片“甘肃财政厅厅长朱镜宙铎民浙江乐清”。

三、致黄绍竑[1]

季公尊右：

承代汇乐清义仓捐款二万元，感荷之私，无时或已。此款应向何机关洽领，乞即裁示，俾可通知，免有误会。乐清封仓之事弊端百出，叠接父老来书，言之凿凿，其最著者为以多报少，以少报多，乡民一有辩正，即以阻挠粮政之罪加之，提将官里去，幸而得白，而已不胜羁囚之苦矣，其冤抑者则永无得申之地，乡民以是敢怒而不敢言。此则由于吾国自治组织过于薄弱，非任何人所能负责。昔王荆公之青苗法行之县令时代，人人称便，及为宰辅行之天下，举世骚然，视为苛政。同是青苗法，一效一不效，何也？县令无荆公之贤，一以委之属吏，吏不足恃，令又问地方，又无适当团体可为人民声辨者，于是怨讟起于下，谤议兴于上，虽元祐诸贤亦未能加以曲谅。非法之不美，行法者之未能尽其职责耳。以是之故，世尝有治人无治法之语，虽不可以言于今之世，但在此自治组织尚未臻于完善之日，治人固常重于治法，确系一显明之事实也。乐清海疆僻邑，去省会遥远，兼以交通不便，钧府耳目难周，拟请电派公正干员前往密查，如能廉得其实，并请严诛一二，借儆其余。一面通电各县严禁经办人员借端舞弊，一经查出，即惟主管人是问；一面通令

---

1 录自《瑶川朱氏宗谱》，朱有发先生提供图片。原题“上黄主席书”。黄绍竑（1895—1966），字季宽，广西容县人。1927 年后历任广西省政府主席、国民政府内政部长、浙江省主席、湖北省主席等。抗日战争期间，历任军事委员会作战部长、第二战区副司令长官。1947 年任国民政府监察院副院长、立法委员。中华人民共和国成立后，历任政务院政务委员、全国人大常委会委员、政协全国委员会委员、民革中央常委等职。

各县法团，如遇前项情事，得密呈举发。如是，则令与吏皆有所警惕，亦未始非过渡时期中之一救济办法也。素仰吾公痌瘝在抱，视民如伤，用敢略抒闻见，借供采择。敬请

勋安

朱镜宙敬启，六、卅

四、致蒋介石

1[1]

委员长钧鉴：

敬肃者，职乘休息余暇，前来琼崖考察，事前承宋部长、吴主席分别函电绍介，一切均极顺利，计西至儋县止，东至崖县止，为时共十日，各地实况得其梗概。以全岛形势言，牧植最为有望，而目前急图厥为交通，惟地广人稀，往往百余里无人烟，地利未辟，物产有限，将来交通完成，在相当时期内，或须折阅，故奖励投资，招徕远人，亦宜相辅解决。行政机构似有改革必要，否则政出多门，事权不一，尤使建设效率为之减低。以国际形势言，南接新嘉坡，北邻香港，西连海防，东近菲律滨，一旦地位巩固，颇足以左右英人东方外交之政策。兹定日内北返，趋前面陈，谨候训示。祇遵。敬请

钧安

职朱镜宙谨上，六月十日，海口（1937年）

1　录自张力《解析两组朱镜宙的相关史料》一文中的插图，钱宗主编《朱镜宙诞辰125周年学术研讨会论文集》，线装书局，2015年版。

2[1]

敬密呈者，世界经此大战后，政治趋势将成二大分野：一为俄国式之共产政治，一为英美式之民主政治。未来国际和平机构能否如一般世人理想所预期，胥视此二大主流能否和衷合作为依归。然而国际利害综错万殊，欲尽如人意，势所难能。以是之故，国际合作之程度自必至为有限，我国处此形势之下，欲完成今后和平建国之使命，内政外交似应同时有所抉择。兹先言各国形势：

一、苏俄在此次世界大战中，因军事之胜利，已成天之骄子，北据芬兰之波卡拉港，中则控制波兰政府，南则奄有巴尔干半岛，表面上似为防德之复兴，而事实上不啻与英国争霸欧洲大陆，其在远东至今未与日本绝缘，然则今后俄国发展之动向，将欧洲第一乎？远东第一乎？俄国当有所抉择。

二、英国殖民地遍全世界，故其外交方针在欧洲则以维持既得权利为目的。自此次大战后，欧洲均势之局已破，英俄将成直接短兵相接之局。然则英国今后将助法国复兴乎？抑联中、美以自保乎？邱吉尔莫斯科之行将使其外交动向有所抉择。

三、美国得天独厚，本可与人无争，然以今日科学之进步，已使阿拉斯加与西伯利亚天涯比邻，且美俄国情冲突最甚，杜威以候选总统之地位竟径斥俄为红魔，以俄国今日国力发展之速，美俄直接冲突恐亦不免。然则美国今后将东助法国，西助我国之复兴乎？抑对德日战后之处置适可而止乎？美国亦当有所抉择。

世界和平系乎三国，今后外交动向之抉择，而三国外交径途抉择之结果，均息息与我和平建国之使命有莫大之关联。夫中美联合，或成为二国今后必然之趋势。何者？我所需要为资力与人才，此为美国所能优为；而美所需要则为世界市场，而我实为其理想中之对象，以是之故，中美外交今后自可愈

1　录自《瑶川朱氏宗谱》，题作“上委员长书”。朱有发先生提供图片。

趋愈密，不必深论。

兹所欲言者，为俄、英二国。俄之与我东起黑龙江，西迄新疆，犬牙交错，长达数万里，且我建国基本工业所需之煤、铁，则在东三省，海陆空所需之燃料，则在玉门与新疆，而皆比邻俄国。倘苏俄不释猜忌之心，推诚合作，处处加以掣肘，则必枝节横生，重蹈三十年来中日猜忌之覆辙。是故欲顺利完成我和平建国之使命，窃谓调整对俄邦交较之美国尤为迫切，而需要无他，时势地理迫使然也。或谓中俄国情不同，苏俄将为我之假想敌，窃谓世界各国人事万殊，国情亦难强同，世界任何国家皆有选择其国情之自由，若言目前之我国中共问题，虽与俄国不无因果关系，然而三十年来内乱相仍，使天下匈匈不能安居乐业以养其生，不得不铤而走险，实为症结所在。否则“共产之乱”何独不发生于客观条件具备之英美，而独发生于一无基础之我国?此犹共产建国不能成功于英美，而独成功于尼古拉斯时代之帝俄实为同一原因、同一结论，足以发人深省。倘今后我国内政修明，吏治整饬，英美明效不难重见，否则汉之黄巾、唐之安史、明之白莲教、清之太平天国，历史固昭昭然在也。或谓日本此次倾巢南犯，与俄国最近外交政策之转变有绝大关系，为明耻教战计不宜联俄，窃谓中国削弱导因于不平等条约，此责任应别有所属，非俄国也。三十年内乱，每策源于租界，亦非俄国也。“九一八事变”，美国史汀生国务卿欲引用九国公约制日，当时反对者非俄国。割我西鄙，抗战军兴，又从而封锁之，非俄国。我党政策在维持弱小民族，而此对象更非俄国。矧俄国在革命初期曾自动取销不平等条约，抗战之初亦曾予我以相当助力。迩年以来，虽为德不卒，然俄国不能同时两面作战，亦自可谅。一国外交本皆从其自身利害上打算，舍己芸人，千古无此外交，亦无此国家也。若言外交本身只是现实问题，舍现实别无外交可言，能把握当前现实，即能把握外交，证以此次世界大战中之外交史实，惟英苏能把握外交现实，故亦惟英苏外交最为活跃与成功。今试详之：英于苏俄本取封锁政策，欧战初期，希特拉叱咤风云，所向无敌，艾登主联俄，英恐开罪于德，竟黜艾登。及法国既覆，英知战祸终将及身，毅然起用艾登以联俄好，复知非得美助不能取胜，更破例以外交大臣赫里法克斯使美，罗斯福亦破例迎之海上。丘吉尔以七十老翁，更不惜冒万险仆仆于罗斯福之堂，最近更亲叩史达林之门。何者？现实如是，不得不如是，否则无以战胜强敌，挽回英国之厄运也。俄国昔曾忍受各种屈辱条件，西和波兰，东和日本，于是埋头建设，战事既启，取销第三国际，以买英美之欢，复修改宪法以博美国之好。何者？现实如是，不得不如是，否则不能销除障碍，获得英美之助，以战胜强敌，挽回国运也。及至今日，因西返波兰侵地，不惜开罪英国，因踌躇国际组织，拒绝民航会议，不惜开罪美国。何者？亦现实使之然耳。在吾国历史上能知此义者，惟越王勾践。越之事吴，夫岂勾践之愿？然现实如此，终使勾践不得不曲意和吴。否则吴亦安能使越从容生聚教训以亡其国哉！我国当前局势，至为明显，为欲顺利完成和平建国之使命，联美联俄同等重要，若以地理言，俄之了解其迫切尤甚于美，或谓美俄国情，既柄凿难容，两国政策似已渐见裂痕，我国同联俄美，将毋遭美之嫉忌乎？窃谓不然。中俄友好之议，倡自美国之政治家，华莱士副总统且殷殷期望之，盖中俄不能和平相处，必为世界未来之隐忧。美国所受影响将较任何国为大，故为美国前途计，中俄友好实为美国目光远大之政治家所企望，以是之故，窃谓目前应速著手调整中俄邦交，似可先派大员访问俄国，如邱吉士、艾登之联袂访俄，然以打开二国亲善之门，及至时势许可，钧座能亲自报聘美俄，必可使三国发生更谅解更密切之关系。人类为有感情有理智之动物，一切困难，一切误解，均可借人类智慧使之排除，英俄外交之成功，即其明证，得道多助，古有明训，为求建国之成功，不独中俄宜然，即中英邦交亦有及时调整必要。盖国与国间当前利害第一，历史恩怨第二，如能辨明利害，暂置恩怨，把握现实，外交自可随环境之变迁与需要活跃运用，德俄之忽和忽战，日俄之忽弛忽张，俄波之忽屈忽伸，俄美英之忽仇忽友，一言以蔽之，皆现实使之然耳。钧座高瞻远瞩，早有胜算在胸。镜宙年来养疴乡间，久疏政闻，自知所言无当万一，惟念匹夫之义，敢效献曝之诚，聊伸刍议，伏惟谅察，无任屏营。敬呈

委员长钧鉴

旧属朱镜宙谨呈

此函作于三十四年，邮寄考试院秘书陈伯稼先生转请戴院长就近转呈，因普通条议，蒋公均不亲阅也。镜宙附识。

3[1]

委座钧鉴：

敬密陈者，吾国省区面积之大有等欧洲之一大国，在世界行政区域中从未有如是其庞大者，因而发生下列消极二弊：

一、在消极方面。一般骄兵悍将，每借省为根据地，以反抗中央，俨然中古时代之王侯部落，然盖省区既广财赋，足以自给，兵源不虞枯竭，故每当中央政权削弱之时，野心之徒即易为叛。辛亥以还，此例更著。每次地方称兵，无不以省为窃发之资，是以论者每谓吾国数千年来未尝有真正之统一，而历史上治少乱多之原因，亦皆半由于是。

二、在积极方面。现代政治已发展成为专门化，其组织贵严密，其运用贵分功。惟严密，故能如身使臂，如臂使指；惟分功，故能各尽其能，各举其职，以争取时效。吾国省区之大，往往东西南北广袤各以数千里计，如自四川之阆中至酉阳，自甘肃之玉门至碧口或径川，动在三五千里之间，而新疆一省几等欧洲之全面积，天山中阻有如天堑，兼以吾国交通不便，铁道公路寥寥可数，固不必论，即电信邮驿亦未能各县普及，政令传递犹未脱中古时代驮马人力之劳，往返之间动经岁月，在此种种情形之下，而欲推行现代式严密分功之政令，成效难形，自不待言。

本以上消极方面言，省区过大，易为野心者凭借反抗中央之资；从积极

---

1 录自《瑶川朱氏宗谱》，朱有发先生提供图片。

方面言，无以适应现代繁密政治之需要。查德国面积四十七万平方公里，设省二十三；法国面积五十五万平方公里，设郡二十；美国面积三百二十六万平方（公）里，为州四十有八。吾国面积约一千一百二十万平方公里，而仅分为三十行政区（共二十八省，合西藏、蒙古为三十），以言面积，大于德法二国，逾二十倍，美国约三倍；以言交通，远非德、法、美三国可比。而行政区域之划分，则与德、法仅三与二之比，而远少于美国，宜其一切政令不能收纲举目张、推行甚利之效，以致百事丛脞，有层层脱节之虞。日本深明此理，故自占据满洲以来，即分东四省为十九省，可谓能得现代行政之要领矣。修改吾国省区，在消极积极方面言，皆极必要，已如上述，而在目前尤为千载一时之机会，盖一方可得因势利导之效，一方可收政治运用之功。所谓因势利导者，此次抗战破坏最大，一切建设皆须从头做起，今后收复一省即将该省区域重为规划，于势甚顺也。所谓政治运用者，省区既增，可使国内人材多得主持省政之机会，减少过去无谓嫉忌倾轧之恶习，且可由此实地试验人才，得所简择也。政治者，现实也，一国政治家之成就，即能以远大之眼光把握当前现实，而充分利用之而已。钧座当阳九之运，负旋乾转坤之重，方之美国，国父系华盛顿，而钧座则林肯也。国家无疆之基、万世太平之业，皆惟钧座是赖，用敢一尽其言，若夫省之划分或暂以旧道区为标准，省之组织应缩少范围，以及如何提高省之地位与职权，使其适应现代环境，皆非本文所能详述，故不赘。敬请

钧安

旧属朱镜宙谨呈，卅四、四、一七

4[1]

主席钧鉴：

敬呈者，镜宙近日养疴蓉城，获悉年前成都美国新闻编译处长 Sirtton Christtion、编译主任 Anmost Ellist 二君，偕华西大学生物学教授胡秀英女士，往谒近慈寺能海法师，问佛法大意。师曰：佛法有五戒，在家居士，均可受持。何谓五戒？杀、盗、邪淫、妄语、酒是。世界能尽人受五戒，何战伐之有？若夫比丘二百五十戒、比丘尼三百八十戒，更不必说。又云：佛法者，心法也。过去心已过去，故曰过去心不可得；未来心尚未来，故曰未来心不可得；现在心息息生灭不住，故曰现在心不可得。其他所涉尚广。二君似有领会，向能海师请领佛经，并谓渠等来华时，罗斯福总统曾面谕留心访问东方宗教，渠拟建议罗总统（时罗总统犹健在）在美设立佛寺，请中国高僧前往弘法等语。近慈寺之有译经院自此始。盖吾国向无英译佛经，能海法师深惭无以餍二君之望，更无以答罗总统为人类蕲求永久和平之心，爰集成都佛教信徒，创设此院。惟当此米珠薪桂之秋，仅建平屋十数栋，已费千万金，则非目前私人团体财力所能胜，已属显然。查隋唐以来，译经之事，皆由国家主之，设秩分职，郑重其事，有度语者，有证梵本梵义者，有证汉义者，有秉笔者，有润文者，有写录者。良以佛法义理深邃，重在躬行实践，非逐物之士所得窃托，往往一名辞之商榷，经年累月而不敢决，其忠于译事类如是。窃谓佛法为东方文化最高无上之结晶品，近世纪来，东方人类对于世界物质文明之产生，仅有享受而无贡献，此为东方人类莫大之耻辱。自此次世界大战后，西方物质文明，已显然使世人感觉：能善用之，固可成世界为天堂；否则，亦可毁灭世界，立变为人类之修罗场与活地狱。则舍东方最高文化佛法外，别无救济之道，此则吾东方民族对于人类惟一之专责。而在此全世界水深火热创巨痛深之后，疮痍未复，又复懔懔于大祸之将作，东方最高文化如佛法者，无异甘露醍醐、晨钟暮鼓，易为世人所接受，此为吾东方人报答世界物质文

1　录自《瑶川朱氏宗谱》，朱有发先生提供图片。

明千载一时之良机，镜宙以东方人之立场，尤觉难已于言者也。所惜乾坤独运、并世无二之罗斯福总统，即世太早，不得亲见佛法发扬光大于全世界，奠定人类永久和平之基石，以补物质文明之缺憾，斯诚不幸也已。

中国者，东方惟一之大国，亦东方惟一之独立国家也。佛法自印度传入中国，远在秦汉之世，经数千年吾国故有文明之合流，已成为不可分之中国最高文化。大乘佛法独盛吾国，即其一端。今全世界人类正待吾东方最高文化佛法救济之时，中国益觉责无旁贷。际此国运方新，宜由国家专设译经院（或就近慈寺组织扩大之亦可），如唐宋开国时之所为，择戒行严饬、不骛世法者主之，同时广罗人才，分科负责，一如前代成规，将吾国经律为有系统之译述，分遗世界各国，即以此功德回向此次阵亡将士及死难同胞（日俄战后，日本曾刊印《续藏经》，超度阵亡将士），一面资遣高僧，分赴各国弘法，诚能因此使世界慧日长光，阴霾永灭，则中国之贡献于人类和平者至巨。孟子曰：禹视天下有溺者，犹己溺之也；稷视天下有饥者，犹己饥之也。大丈夫为人类之心，不当如是耶？若夫吾国军人及学校，动以强力占用寺宇，甚至假借办学名义，提用寺产，而同时对于有外人背景之教堂，及一手握剑、一手《可兰经》之回教堂，则望门却步，秋毫不敢犯，遂使吾民族之卑劣弱点，暴露无遗。夫寺庙在法律上为私有财团，即非国省有，亦非县有公有，随意侵占，构成宪法及刑法上之严重问题，非文明国家所宜有。务请政府速定补救办法，不可长任此风存在，为吾神圣华裔之羞。况佛寺在保留吾国美术文化风景种种方面，更有不可估量之价值与不可磨灭之成绩耶！吾国自通都大邑，以至京师，迄无一现代高尚设备之公园、植物园、图书馆、博物院、美术馆、音乐馆等，国民精神生活之苦闷，可谓达于极点，不得已而群集于烟赌嫖等之劣等娱乐，以求一时之安慰。所幸尚有丛林寺宇，聊足为国民休沐息游之所。政府于此，应奖励保护之不暇，何忍更加摧残？是非使国民生活更趋于低等无益身心之烟、赌、嫖不可，为政之失，莫大于是！至若诋佛法为迷信者，大率皆耳食之徒，凡稍具科学常识者，决不敢作此武断之辞，以彼未明其内涵，即下断语，先自陷于不科学之悲境也。总之，佛法一旦传布欧美后，必可大放异采，使国人耳目，为之一新。当此之时，必有自悔其今日所持态度之未当者矣！

今之漫游印度者，皆绝口赞叹印度风俗之美，谓其人民宁饿死不为盗，夜间露宿，户牖不扃，未尝有失窃之事。“道不拾遗，夜不闭户”，吾国史家引为美谈者，印度则视为极寻常之事。政成俗举，佛法道德入人之深，其效竟及三千年之后，难能可贵，有如是者！以是之故，印度大街小巷，不见荷枪佩剑之警士，与吾国通都大邑警备森严，适得其反。即甘地之伟大人格，有谓亦得佛法之陶养与感召，实足发人深省。夫一国之有宗教，本足以辅助一国政治与教育之所不逮。罗斯福总统、邱吉尔首相，甚至希特拉、墨索里义，皆一世之雄，而均时时乞灵于上帝，岂彼辈之科学常识、远大眼光，独不及吾国之一普通人耶？吾国如欲正人心，息邪说，端士习，明廉让，严取与，厚风尚，舍佛法外无他道。救己救人救世界，皆将惟此是赖。语曰：君子之德风，小人之德草。草上之风必偃。此理罗斯福总统已发其端，然而提纲挈领，用观厥成，将惟钧座是赖。自古非常之业，必待非常之人，爰敢一详其说。愿钧座少加意焉。敬颂

钧安

旧属朱镜宙谨呈

按：此函作于民国三十五年三月间，当时邮寄国府文官长吴达诠先生就近转呈，承复国府正准备还京，恐有遗失，俟到京后，再当代呈云云。并此识谢。

五、致蒋梦麟[1]

梦麟博士：

久闻大雅，无缘识荆，怅慕奚如。昨由友人处，得读《新教育》一书，钦佩之至。（中略）年来吾国有识之士，皆知文字灌输之要，出版界顿呈活气。此真国家前途之佳现象也。镜宙自到星后，已两余月，此间学校，前往参观，已不下五六次。觉有一共同之缺点，可为先生述著：一，专重形式。如图书馆、银行、军乐队、商店等，几无一校不有，然其所以为图书馆之效用，则非所知。（有几校陈列《小说月报》《小说新报》及《佩文韵府》等。）军乐队于儿童身体上，有无妨碍，亦非所计也。二，儿童转学，无一定之限制。此间学童，有正二月在甲校而三四月忽转入乙校者。教授上之困难，亦无暇计也。三，各校各自为谋，绝无联络之精神。此系省界问题之结果。四，教科书全用商务或中华本，教授上遂多不便。

欲救济以上诸缺点，有最要之四事：一，改组教育会。新嘉坡本有教育会，但组织不得其道，故开办数年，无一毫成绩可见。此后应联络各校董，一齐加入。盖此间学校经费之权，皆在校董，校董能同意，巨款可立集。若教员，类皆来自内地，所入有限。专恃教员，教育会不但不能发达，且恐不能持久。二，学校参观团。可彼此互相参观。镜宙自到此间后，已有参观外国人所办学校团体之组织。各校皆赞成，将请领事介绍，适宙大病未果。但暑假后，必欲

1　录自《新教育》1919年第1卷第5期。朱有发先生提供图片。蒋梦麟（1886—1964），原名梦熊，字兆贤，号孟邻，浙江余姚人。美国哥伦比亚大学教育学博士，曾任国民政府第一任教育部部长、行政院秘书长，长期担任北京大学校长。

实行以为先声。三，教员俱乐部。有俱乐部，可朝夕相见，自易打成一气。四，编译教科书。编译所可附设教育会内。他如女子中学或师范学校（此间女子读书者不下千人），皆当务之急。闻黄任之先生曾来此间一游。适宙来时，任之先生已去，未获领晤，未知黄先生所见如何？

宙此行之旨，有足为先生道者：一，欲观吾族在此间之势力。二，欲研究南洋在远东问题中之价值。比年以来，吾国人士，局于见闻，咸以“远东”二字，专为中日而设。实则如此重大问题，决不如是其简单无味。故欲游览一周，以所得归贡国人，此区区之志也。再阅《新教育》有教育调查会一事，会内并设国外调查员。窃以华侨教育，莫重于南洋，宙此来颇欲于教育上有一明确之调查，惟所携川费有限，远超预算以外（此间生活比数年前高得数倍），非多设法，恐难竟志。倘该会有意南洋，宙当竭一得之愚，力为从事。此事关系甚大，办有成效，利益非浅，所惜今之教育当局，未必有此远大眼光耳。孑民先生现在何处？便乞示下。此颂

撰安

朱镜宙启

六、致孔祥熙[1]

敬肃者，镜宙为纪念刘廷芳先生之太夫人，特捐赠燕京大学奖学金五千元。当时本请该校设法在渝收取，近接该校来函误为沪币，并嘱代存上海大陆银行该校户名项下。兹以平渝交通梗阻，辗转去函更正，尤多不便，拟恳钧座俯念此款完全出于慈善捐赠性质，且数目无多，准予由重庆中央银行免费代汇上海大陆银行收燕京大学户，俾莘莘学子多得实惠，皆出自钧座作育英才之赐也。谨呈

院长孔

旧属朱镜宙谨呈，十月十九日

附呈燕京大学原函一件，阅毕请赐还。

1 原件藏重庆市档案馆，朱有发先生提供图片。

七、致李傥[1]

倜老次长勋鉴：

久未通问，甚念。敬启者，敝瓯海实业银行创始于民国十一年间，以资金不足，故所营业务自来大率偏重商业，去岁虽增加资本为国币五亿元，无如币值低落，仍觉无济于事，且实业放款数额较大，为期亦较长，敝行区区资金，衡以目前情势，经营实业银行业务实不可能。经于本年七月二十日召开第五次董监联席会议，当经决议将敝行名称改为“瓯海商业储蓄银行股份有限公司”，简称“瓯海银行”，并经检具会议纪录，于本年七月廿一日以沪总字第一九六号呈报钧部，请鉴核备案在案。惟以《银行法》规定变更名称期限至本月终为止，而召集股东会依章尚有种种手续，非咄嗟所能办，用特函恳于前项呈文到部时，迅予察赐照拂批示祗遵，以便召开临时股东大会修改行章，俾凭再行并案呈请变更营业登记，以符手续，实为可感。专此。敬颂

勋绥

弟朱□□（1948年8月3日）

1　录自董婷婷《银行家朱镜宙的上海足迹——以上海市档案馆藏史料为例》，钱宗主编《朱镜宙诞辰125周年学术研讨会论文集》，线装书局，2015年版。倜老指李傥（1884—1965），名文生，字倜君。湖南湘潭人。早年留学日本、德国。归国后任北京大学、法政大学、朝阳大学教授，兼任北平政府法制局参事。1933年任中国银行经济研究处事务长等。1945年，任财政部常务次长。

八、致苏雪林[1]

1

雪林先生：

手教奉悉。拙作《梦痕记》下册五九三页对于时事的途述，希望先生读后，有所指政，以补不及，无任感盼。

关于章先生传记文，如能记得刊物名称及年月，当设法一读。年来在刊物上，时读大文，皆是传世之作，以视宙之三家村寻常闲话，惭愧交并矣。复颂

著安

朱镜宙叩上，二、廿八（1972年）

2

雪林先生：

手教及章先生学记均已收到，谢谢。兹将学记先行奉还，余俟稍暇再行详答。宙于小学等等，均未研究，故亦如尊函所云读来不能了了。拙作希望读后能予指正，尤其自593页以下论时事各点，如能先读更好。先生书法腴

1　11通均由朱有发先生提供原函图片录入。苏雪林（1897—1999），祖籍安徽太平（今黄山市），出生于浙江瑞安。毕业于北京高等女子师范。一生从事教育，先后在沪江大学、安徽大学、武汉大学任教。后去台湾。

润秀丽，略近东坡，无丝毫女子腕弱之气，如能用墨笔指教，俾可与其他友好书柬付之装池，藉留鸿雪，不知能见允否。敬颂

文安

朱镜宙叩上，三、十一（1972年）

原子笔所写恐不能裱。

3

雪林先生左右：

手教奉悉，章先生学记因来教无相赠之语，故特挂号寄还。至于著作，宙已朽迈，不作此想矣。洗尘上人，宙未之见，但可间接说项，且待将来发展如何再说。尊处现有柳君之言，则所谓诬蔑者，自有其人，于先生当无罪也。洗尘明知尊非百万富翁，而竟作此狮子大开口，殆戏言耳，可勿为意。

美欲与共党言和，无异与虎谋皮。和既不能，只有战之一途。时间对于共党有利，为自由世界计，逾速战愈好。假使美国于杜鲁门时代，即起而应战，以当时美国之实力，直如摧枯拉朽耳，何致有今日卑躬曲节，匍匐于毛王朝之前？然当前局势，如能速起应战，尚可幸望得胜，再延再拖，殊不敢必。无如自由世界，认识不清，步调亦不能一致，吾之所虑者固在此而不在彼也。

关于佛法何以能与今日科学暗合之处，说来话长，一言以蔽之，则与六通有关，有暇当另纸详之。

先生于退休后，如能将前请之《大正藏》稍加浏览，方可得明一二，佛经记大雨事，《长阿含》与《起世本因经》多有记载。可一查之。敬颂

著安

朱镜宙叩上，三、廿一（1972年）

1. 卫先生曾从刊物中读其著作，但未识荆，想已八十左右，先生何不发起为其祝嘏？卫先生故旧及学生在台者谅必不少，或可得一成数，然后请其来台定居，因此间物价较港便宜多多也。

2. 承问珡、叕、叕三字，珡为展之古写，叕为缀之古写，叕似为丽字，已记不清，可向图书馆《说文解字》一查也。

4

雪林先生：

接诵大函，知将退休，闻之欣慰。宙为《梦痕记》透支过量，损及身心，体力大不如前，尤其行动重心不稳，易感疲劳。日前为寄发拙作，曾北上月余，昨日始返故居，拟于端节后再度北行，了一私愿，即作琉岛之游，然后杜门谢客，专事清修，不作别计。南行之时，当可专诚谒候，所惜重听益甚，不能畅聆教言为憾耳。敬颂

道安

朱镜宙叩上，五、九

5

雪林先生疋鉴：

手教奉悉，我们所欲讨论的问题最好到此为止，因我们所欲说的话都已说过，再也无话可说。胡先生的主张百年后自有公论，我们如能再活百年或可见到世人的评估，不知以为如何？台湾换发身证，医院请人来照相，宙亦叨光摄一张，特以奉赠，白发蓬疏，短髭如猬，不失病中本色，先生能识之否？敬颂

著安

朱镜宙叩上，64、11、16（1975年）

自昨日起，忽患感冒，涕泪交流，咳嗽不已，好似鸦片瘾发作，揽镜自笑不置。

6

雪林先生：

手教奉悉，《十字架阴影》系神学博士陈永峥氏所著，宙读了以后，颇为感动，曾为长函报之，并托海刊多印若干份，已于今晨寄呈一份，想已收到。此君满腔热血，沸腾纸上，其爱国家、爱文化之心，就基督教言，可谓前无古人，望先生抽暇一读为幸。宙于月前，小便见血，X 光显示肾结石如黄豆大。两年以来，时感腰痛，坐久发胀，如早发见，尚易为力，今恐为时太晚矣。八八之年，甜苦备尝，即今消逝，已算长命，无所留恋矣。两腿扶枴杖，能行数百步，一生造孽太多，宜有此报。承注至感!

宙谨复，65.6.19（1976年）

易忘与年龄有关，宙亦时有此病，先生可早办退休，优游校园，亦一乐也。

7

雪林先生：

三月二十七日手教早经奉悉，自选集亦已拜读一过，先生斐声文艺界几于妇孺皆知，字字珠玑，名不虚传，而虚怀若谷，犹自谦为陈羹土饭，益令人佩仰无已。真仪亦已收到，花与人争艳，花如有知，当自叹弗如也。

生老病死为任何动物所不能免，释迦如来即因此而出家，以求不生不老、不病不死之方，留给世人，所惜人不憬悟耳。宙八九衰年，兼以病腿，由佛法观之，皆宿业耳。匆复。顺颂

著安

朱镜宙拜启，66.3.28（1977年）

8

雪林先生道鉴：

手教奉悉，“生、住、异、灭”四阶段，为任何物质所不能免，吾侪既受形而为人，自然无法例外。其实宇宙间形形物物、林林总总，皆是幻化无常，瞬息万变，如能达此，彭殇一耳。先生桃李满门，自有至乐，殊堪钦羡。报载世有孤鸾命，尊所询者殆此类也。宙深信万事命定，故亦安命守道，以终天年而已。敬颂

著安

朱镜宙拜上

（信封上另一行字：“关节硬化，我有同感，因知长命未必是福也。”）

9

雪林大德惠鉴：

许久没有通问，时在念中。今日《中央日报》报道，大德当选资优文艺工作人员，不胜仰佩，特此驰贺。镜宙今年已九十又六了，耳患重听，幸视力犹可，左腿因二十年前不慎摔倒，至今无法步行，依佛法说，皆是宿业之报。大德老当益壮，非老拙所能拟其万一，惭愧无似。敬颂

道安

朱镜宙拜上，73.4.20日（1984年）

10

雪林大德慧鉴：

敬启者，兹邮呈《金刚经》一册，敬乞察收。宙之舍耶入佛，得力此经。因我小时，追一基督教世家之子，曾将《新旧约》好好地细读数次，《约》中所记，上帝拿块泥土，看看自己模样捏成，吹一口气，就成为一个人了，这是走江湖变戏法处学来的，使我无法相信，后来因一偶然机会，读佛教《金刚般若波罗蜜经》，始改信佛教。兹奉上《金刚经》（简称）一册，敬祈察收。我以为每一个人，都该有一信仰，使精神有所寄托，不知以为然否？敬颂

道安

学人朱镜宙敬上，73.12.20日（1984年）

实相非世俗所称之相，故曰非相，实相是圣谛，世俗相是世谛。

11

雪林大德慈鉴：

手教奉悉，前接尊函，曾转寄一位大善智识，请其径复，因我今年已九十八岁[1]了，古人有七十不写作之戒，又以自知障深业重，无缘度人。不料这位大善智识，既未获我，又未直函大德，殊出意料之外。天眼天耳，他心诸通，佛法诚有此说，但不可望之于一般凡夫。凡夫分段生死，贤圣变易生死，我重听有年，正合分段生死之说。总之佛法平易近人，说理详明，不以怪异惑人，望注意。敬颂

道安

朱镜宙敬上，74.5.7日（1985年）

1　实为九十七虚岁。

九、致徐寄庼[1]

寄公董事长勋鉴：

查本行增资为五亿元一案，迄今逾时已久，股款尚未收齐，而上期决算期间将届，亟待办理完竣，以便呈请验资。同时，因迩来货币价值变动甚烈，对于未缴股款若不加以限制，深恐有损老股东利益。经于五月十七日召开董监会，决议将增加资本缴款期限依照原定日期为止，藉资维护老股东之权益，并推张一鸣兄赴沪面陈，幸乞赐予指示，俾资遵循。肃此。敬叩

勋安

汪惺时、朱铎民、张一鸣、项公溥、蒋觉先、张亦歆、王慎夫、翁来科、林桂生、叶慎抱、陶正冶、周月波、张亦苗、王庭侯

中华民国三十六年五月二十日

1 录自董婷婷《银行家朱镜宙的上海足迹——以上海市档案馆藏史料为例》，钱宗主编《朱镜宙诞辰 125 周年学术研讨会论文集》，线装书局，2015 年版。寄公即徐寄庼（1882—1956），原名陈冕，浙江永嘉（今温州鹿城区）人。早年留学日本，专习金融。归国后任温州师范学堂监督，后任浙江兴业银行副经理、上海市商会理事长、瓯海实业银行董事长等。

一〇、致徐堪[1]

可公部长尊右：

顷阅报获悉，奉拜大命，镜宙疏散山居，未能趋前叩贺，深用歉然。粮食之在今日几为后方全部经济组织中占最重要之地位，际此中央法令，未能如意，施展地方自治，未有健全组织，各项统计数字均付缺如，诚有如“一部《二十四史》不知从何处读起”之感，以公长材或可应付裕如。窃以为目前之要宜以全力先从四川入手，盖以川省为抗战根据地，动定之间，大局安危所系。四川安则其他各省自安；四川稍有问题，则大局立受应响。曩受庸公院长之命，草拟《粮食刍议》一篇，中有今日所谓后方粮食问题，换言之，乃一四川省之粮食问题，即指此也。川省粮食问题关系抗战大局，既如此密切，然而以别一方面观之，川省因过去二十余年间兵戈演变之结果，土地转移泰半入于强有力者之手，必如何而能使彼辈戮力同心，共维危局，实为目前之重心所在。兹摘录《四川经济参考资料》一书，关于民国二十四年以前土地转移状况统计数字列表如下：

1 录自《瑶川朱氏宗谱》，朱有发先生提供图片。

川东区								川西区												区别	
万县				重庆县				灌县				大邑县				崇庆县				县别	
占田百分比	户数百分比	占田平均数	占田最高数	占田百分比	户数百分比	占田平均数	占田最高数	占田百分比	户数百分比	占田平均数	占田最高数	占田百分比	户数百分比	占田平均数	占田最高数	占田百分比	户数百分比	占田平均数	占田最高数	情况	
三三	六	一〇〇〇〇亩	三〇〇〇〇亩	六〇	六〇六	二五〇〇亩	四〇〇〇〇亩	二一	〇·七	三〇〇亩	五〇〇〇亩	六六	二九	三〇四六亩	三〇〇〇〇亩	五七	二六	五〇〇〇〇亩	一五〇〇〇〇亩	军阀	新地主
四⊙	二六	三⊙⊙亩	九〇〇亩	二六	一四	五〇〇亩	一〇〇〇亩	一五	一五	一〇〇〇亩	二〇〇〇〇亩	三三	四七	九二二亩	八〇〇〇〇亩	一一·	一〇·六	三〇〇〇亩	一〇〇〇〇亩	官僚	
一三	三二	八⊙	二〇〇	四	二	一〇〇〇亩	五〇〇〇亩	一四〇	五七·七	九〇亩	六〇〇〇亩	二〇六〇四	三八	一三四亩	三·〇〇亩	一八	二·	一〇〇亩	八〇〇亩	其他	

以上虽仅举数县，亦可窥见川省三十年间土地变迁概况。而粮食症结所在，更不难由此得其大概。兹者中央方以全力注意抗战，军事对于后方政令不无投鼠忌器之苦，尤以政情复杂如四川者为不可免，大部处此运会，使命之重大、措施之艰难皆可想见，此宜注意者一。

任何统制事业必须从下层做起，基础方能稳固，管理粮食亦然。吾国政治向来偏重中央，对于地方组织，从来未有严密之训练与督促，以致各种数字凡可为统计唯一之资料者，皆付缺如。临时举措亦仅以颁发文告为止，是以统制事业在欧美各国行之有效，在吾国则往往成为秕政，此宜注意者二。

报纸宣布粮食管理局统制粮食之规定，有存粮足二月之用者，即须出售，否则以屯积治罪。如所言果确，不特易为乱阶，即手订此法者初必无行法之决心，事属显然。商君之言曰："法之行也，必自上始。"其在欧谚则谓"法律之前人人平等”。倘此原则，仍可适用于今日之吾国，则达官伟人家储粮食逾此数者比比皆是，试问将如何以贯彻此种命令？若谓此种法令，专为小百姓而设，则仍是州官可以放火，百姓不许点灯，尚何政治之可言？不特此也，吾国基层组织极不严密，已如上述，不肖吏胥，倘有藉此以诈索纳贿者，最高主管机关何从而知之而惩戒之？浙江乐清之封仓调查员曾有以多报少、以少报多之舞弊，行贿情事，其在各省恐亦难免。大颁布法令之非难，必使行之而无弊之为难。苟仅在中央颁布如干条法令，至是否能行，绝不一加考虑，则其结果徒使天下骚然，怨毒日增而已，此宜注意者三。

四川粮食是否敷用，报端所见大概多持乐观态度，窃谓悲观固可不必，乐观亦足偾事。盖吾国土地既未清丈，人口亦未调查，在此情况之下，乐观、悲观皆无根据，惟有未雨绸缪，方无临渴掘井之讥，则提倡杂粮佐食尚矣。德国为最适宜种植洋芋之国，自腓力大帝以来，全力提倡洋芋佐食，至今竟成风气，几有非洋芋不饱之概。日本自七七事变以后，即通令开始以米麦和食。长崎小滨某大旅馆多外国顾客，闻其头等房以米七、麦三佐食；二等房米麦各半；三等则麦多于米。其他各旅馆亦然。吾国抗战业已四年，在此粮食问题极端严重之下，绝无一人注意及此，诚所未解。以川省地形言，除川西一部份盆地外，其他各地仅宜种植包谷（即玉蜀），如能提倡以包谷佐食，则四川粮食问题自可解决过半。然必从中央各机关首先提倡，则易收君子德风之功。镜宙曩过雅安，据二十四军副官长陈仲光氏[1]相告，因荥经铜矿局食米之故，以致其他各厂工人相率效尤，要求食米。于是荥经昔日米与包谷价十与七之比者，今则降为十与三之比，即昔日米每百斤价假定为十元，包谷则七元，今则米每（百）斤假定为十元，包谷仅值三元。换言之，米价高涨，包谷下跌是也。又言昔日工人以大米为上餐，今非白米不食，他如康境修筑中之各公路，亦皆大量运米，绝未闻有以当地包谷杂食者。虽当事者有其事实上之

1　陈耀伦（1894—1968），字仲光，毕业于雅州府中学。民国时期曾任川军二十四军少将副官长。中华人民共和国成立后为四川省文史馆馆员。著有《解放前荥经烟祸略忆》《西康烟毒与荥经事变》。

困难，吾人应当为之原谅，然因此更促成四川米粮之严重性，则亦无可讳言。兹就镜宙调查荥经近三年间米与包谷之比价，可以见两者间相互消长之一斑。（表见下页）

西康本为包谷出产最丰之地，人民皆以包谷为主要食粮，宜包谷之价能维持其平衡线。今观上表则西康自二十九年六月已后,已大有改食白米之倾向，故包谷之价日落。然西康本非产米区域，其必运自川省无疑，此宜注意者四。

以上所陈均极平淡，所谓卑之无足道者。窃念匹夫兴亡之义，有感于大部使命之重大，将来能否成就，与抗战命运所系，因自忘其固陋，聊为吾公一陈之。倘蒙一加浏览，固所望也。新病初愈，诸多草草，乞恕不恭。敬请

钧安

旧属朱镜宙顿首

年份	价格	一月份		二月份		三月份		四月份		五月份		六月份		七月份		八月份		九月份		十月份		十一月份		十二月份	
名称		米	包谷	米	包谷	米	包谷	米	包谷	米	包谷	米	包谷	米	包谷	米	包谷	米	包谷	米	包谷	米	包谷	米	包谷
二十七年	最高价	七八四	三六四	七八四	三六四	八一二	三六四	八一二	三六四	八一二	三三六	七八四	三三六	八一二	三六四	八四〇	三六四	八九五	三九二	八四〇	三三六	七二八	三〇八	七二八	三〇〇
	最低价	七八四	三〇〇	七四〇	三〇〇	七七〇	三四〇	八〇〇	三四〇	八一二	三〇〇	七八四	三一〇	七八〇	三二〇	八二〇	三二〇	八四〇	三五〇	八二〇	三〇〇	七〇〇	三〇〇	七〇〇	三〇〇
二十八年	最高价	七八四	三六四	八九六	三六四	八九六	三六四	九二四	三九二	九二四	三九二	九五二	三九二	九五二	四四八	八九六	四四八	七八四	四七六	八四〇	四七六	八四〇	五〇四	八六八	五〇四
	最低价	七〇〇	三一〇	七五〇	三四〇	八〇〇	三二〇	八四〇	三三〇	八二〇	三四〇	八八〇	三一五	八四〇	四〇〇	八三〇	三八〇	七五〇	四五〇	七九〇	四〇〇	七九〇	四八〇	八二〇	四八〇
二十九年	最高价	九五二	五六〇	九八〇	五八八	一〇六四	七八四	一二二〇	八四〇	一九六〇	八九六	二八〇〇	一〇三六	三九二〇	一一二〇	五〇四〇	一二三〇	六四四〇	一四五六	七五六〇	二二四〇	八四〇〇	二五二〇	八九六〇	三三六〇
	最低价	八五〇	四四〇	八四〇	四五〇	九八〇	五九〇	一〇四〇	七九〇	一五〇〇	八〇〇	二三〇〇	八四〇	三四〇〇	九五〇	四〇〇〇	一〇〇〇	四五〇〇	一二〇〇	六四〇〇	一四八〇	七二八〇	二二〇〇	八三〇〇	二六〇〇

注：米与包谷均以每百市斤为单位

一一、致徐醒民[1]

1

醒民仁弟足下：

昔承不弃，欲以师弟相称，自惭不德，不足为人师，因是未敢相允，别无他意。迩者以病空山，时以足下为念，且以久未得书耿耿于怀，不审近况何似。

目疾已愈否？道书有以两掌交互擦两足心，令热，久之可愈目疾。又云两眉尖有穴，每日以左右中指按摩四十九下，亦能使目明利。此两事有益无损，且不费力，足下不妨试之，但以持久为要，不能期诸旦夕之间，此则不可不知也。足下倘必以宙为可商榷，则此称谓之间亦不愿多所辞谢，以妨足下好善之心，而重我道也。敬颂

道安

朱镜宙顿首，十、七日

2

醒民仁者大鉴：

前接来书，适在病中，近又忽患目疾，经月未愈，稽答之歉。承问众生

1　朱有发先生提供书札图片。徐醒民，名自明，以字行，安徽庐江人。师从李炳南学习佛法和儒家典籍，与当代净土宗高僧净空老法师为同门师兄弟。出版有《儒学简说》等书。

皆具佛性，何以又有众生与佛之别？此可以譬喻解之，例如金矿其内本含有纯金，但必须经过无数次煅炼后将杂质净除，然后方能成为纯金，否则仅能成为金矿而已。众生之具佛性，犹金矿之含有纯金也，必须将无名烦恼习气消除净尽，然后方能成佛。故荆溪大师云，无天生弥勒、现成释迦，必须经三大阿僧祇劫修行，广行六度，修福修慧，方能成佛耳。仁者天资颖悟，识力过人，务望努力，前途是所厚望。月终北上，或可一谈也。顺颂

道安

朱镜宙叩上，四月十一日

3

醒民仁者赐鉴：

顷拜惠书，辞意殷拳，谦光让德，且感且愧。弟马齿徒增，行能无似，师弟之称实不敢当，仁如有所下问，倘其知之，自当竭诚奉告，如其不知亦必能邀谅察也。

一、承问西方净土既为权便法门，如能都摄六根，净念相继，专意念佛，一心不乱，仍能了生脱死否耶？答曰：三藏十二部，一切法门皆是权便。《金刚经》云："如来说法，如筏喻然，法尚应舍，何况非法？"是以文殊师利问入不二法门，维摩诘默然无语。文殊叹曰：善哉善哉，乃至不立文字语言，是真入不二法门也。（见《维摩诘经·菩萨品》）盖菩提无相本绝对，待言语道断，何有可说？故凡可书之竹帛、托之音声者，一切皆是敲门砖（"敲门砖"系禅宗祖师语）。当门未辟时，此砖不得不用，仁者当应如是会。玉言都摄六根，净念相继，专意念佛，一心不乱，仁者如能真正到此境界，自然三昧现前，事生脱死，尚有何难！勉之勉之。

二、识神不灭，是一切宗教所同认，其所异者乃名辞之间而已。就功行深浅言，因有四禅四空，处须陀洹、斯陀含、阿那含、阿罗汉，一地二地乃至十地等等之不同，若就佛果言，则十方三世诸佛皆同一鼻孔出气，何有彼此之可分？凡言十方三世，言恒河沙，皆是文字语言，皆是权便法门，只因众生执著，佛乃不得已而说之。《金刚经》云："说法者无说（法）可说，是名说法。"是以说法四十九年，佛自谓未曾说一字。仁者应于此等处多多体会，方有是处。真如一体与外教一神主宰，涵义绝不相类。佛言真如为人人所同具，故人人皆得成佛。外教一神主宰，则为某一神之专利品，非其他任何人所得问津，至多仅能为其仆从而已。盖外教所证为一大梵天境界，傲慢贡高，未出三界，未尽苦际，二者不可同日语也。

三、理学家"形既朽灭，神亦飘散"之说，以佛家眼光观之，乃系一种断灭论者。依断灭论之逻辑，则无论作善作恶，只要今生能逃法网，能避人耳目，则杀人放火皆可任意为之，影响所及，自必致于善无所劝，恶无以惩。印光大师之言极是。仁者求知心切，聪悟过人，最好能阅《大般若经》或《大智度论》等，闻善导寺有木刻本，可设法借阅，于理解上当大有益也。肃复。敬颂

道安

弟朱镜宙叩上，四七、五、十四日

弟拟请陈先生代抄《大宝积经》第五十六、五十七两卷，《佛说入胎藏会》第十四之一二，不知有暇否？便乞代为一询。

一二、致许炳堃[1]

昨上一函，内附范古农先生[2]一函，不知是收到否？致范函中“菩萨之戒重在心，比丘之戒重在身。重在身者易见，故黄巾不入郑里；重在心者难知，故王莽得自托于周公。至不患无盗跖，而患无独善其身者也”，请代易为：“菩萨之戒重在发心，比丘之戒重在律身。律身益（易）见，故黄巾不入于郑里；发心难知，故王莽得托于周公。与其口尧舜而心盗跖，曷如独善其身之为。愈且今日之患，患无独善其身者，不患无盗跖也。”

《觉群周刊》已收到，谢谢。其中有佛武居士、大同[3]、块然，所著不少佳者，惟以块之精博朗澈而亦主张忝政，未免可惜。

先生对于以上各位有无见过，吾人学佛须结善缘，此等善知□可。惜弟伏处海隅，皆未之浸也。鹏举之印，昔年拓自兰州，兹清理旧箧得之，特寄呈二纸，以一纸赠先生，别纸代赠骝先先生。骝公前在京、蜀时有杯酒之欢，今以学佛之故，疏懒益甚，已久不通问矣。

1　录自李学功《新发现的朱镜宙六封相关信函——兼论朱镜宙与朱家骅的交往及其人生信仰的面向》，钱宗主编《朱镜宙诞辰125周年学术研讨会论文集》，线装书局，2015年版。许炳堃（1878—1965），字善培、诞甫，号缄甫、潜夫，浙江德清人。曾任浙江省教育会会长、国民党中央政治委员会交通专门委员会委员、浙江省政府顾问等。

2　范古农（1881—1951），号寄东，浙江嘉兴人。1929年任佛学书局总编辑，主持《佛学半月刊》。1935年主编上海《佛教日报》，1948年在上海创立法相学社，1951年为上海世界佛教居士林林长。

3　大同（1923—1992），江苏如皋人。俗名徐公有，法名悟因，后号大同。曾任上海静安寺当家法师，1949年去台湾。

憨山大师《梦游集》已略阅过，但未见年谱，何处可以购得、能否集资重印，乞示及。

（1946年11月9日）

一三、致竺摩[1]

竺摩法师尊鉴：

前得陈静涛居士[2]函，知有泰国之行。兹得超师函，始悉返抵槟城，将作数月弘法功法，闻之欣慰。槟城为学人二十年前旧游之地，椰风蕉雨，时萦梦思，而故旧如陈新政、薛木本诸君皆为旧时《国民日报》同事，不知尚在人间否。又演本老法师之详细中英文通信地址，乞查明见示。极乐寺何人住持，亦望见告为感。敬颂

道安

学人朱镜宙叩头，七、八

1　朱有发先生提供原函图片。竺摩（1913—2002），俗姓陈，名德安，法名默诚，字守志，自号雁荡山僧。乐清人。毕业于闽南、武昌等佛学院，为太虚大师入室弟子。抗日战争前，曾在香港弘法。1953年转往马来西亚槟城。连任马来西亚佛教总会主席十余年。主编《觉音月刊》，创办《无尽灯》杂志。著有《无著的学说》《苏东坡的佛教思想》等。

2　陈静涛（1887—1967），法号慧涛，广东南海（今广州）人。1910年在广州白云山双溪寺皈依佛门。1930年与高浩文组织佛教会。1932年上海一·二八抗战爆发，在香港组织后援会筹备军饷。1945年创办佛教义学、正觉莲社。1946年任香港华商总会代表。1948年当选为中国国民党港澳总支部监察委员。

一四、致秦贤次[1]

1

贤次先生：

大札敬悉。辱蒙关注，感激殊深！谢谢。

少中已经六十年，往事不复一一记忆了。记得我刚加入少中不久，即去南洋各埠，那时，即与少中失去联络。介绍人可能是周太玄（民国四年上海民信报周事）[2]、左舜生（左任中华书局编辑）[3]两人。我当时在上海不时与左相见。

现在，贱躯因左腿骨折，呻吟床褥年余，且常发烧，时好时作，打针吃药，痛苦非常。八十六高龄，自知岁月有限。又，弟为国民党员，并闻。顺颂

时绥

弟朱镜宙叩上，十月五日（1974）

另赠两种作为参考。

1　秦贤次（1943—　），台湾省台北市人。曾任职明台产物保险公司协理、“中华民国”产物保险公会水险委员会主任委员等。著《抗战时期文学史料》《中国现代保险史纲》等。朱有发先生提供复印件图片。

2　周太玄（1895—1968），本名焯，后改名无，号太玄。四川成都人。早年留学法国蒙彼利埃大学。历任成都大学、四川大学教授，西康经济研究所所长等。1949年后，任中国科学院常务委员会委员、中国科学出版社社长兼总编辑等。

3　左舜生（1893—1969），谱名学训，别号仲平，湖南长沙人。1923年，与曾琦、李璜等发起组织中国青年党。1947年任行政院农林部长。

2

贤次先生道席：

大教及《传记文学》一册，均已拜领，谢谢。少中等于昙花一现，今日追溯往事，大有白头宫人谈天宝当年故事之感。所言禁止宗教信仰、五人介绍等等，当系后来会员发达，品类复杂所引起。少中本为一学术团体，其信条为奋斗、实践、坚忍、俭朴。少中发起人之一张梦九尚龄[1]，即系基督徒，初无宗教限制可知。弟之入会，似在民国八九年间，其时《英属南洋》一书出版，内分“海峡殖民地”“马来联邦”“马来属邦”三编，详其地理、物产、政治、宗教、人口、教育等，并附种种统计，是南洋著述中比较有系统者。曾引起两位位高望重之读者注意：一为徐东海大总统，特蒙召见，垂询侨情外，并问未来计划，当以考察荷属爪哇，续写第二部《南洋》对。徐公勖勉有加，次日即接总统府秘书长吴笈荪先生函称：“奉大总统面谕，发给阁下三千元，请前来具领。”此为弟毕生所最难忘之恩遇。一为李石曾先生，折柬邀宴，并代介绍吴稚晖先生。前贤之爱护青年，虽不敢谓为绝后，却亦可说空前。然而徐、李二公，如何得读拙作，及知来京寓所，至今仍属一个谜，孰谓古今人不相及也。所惜此书后来再版，易名“英属马来半岛”，至今皆已绝版。弟因游踪靡定，更以祸乱频仍，手中亦不存此书。

当弟入京时，北大少中同人，闻弟将再度南行，时有北大女生蜀人伍绛霄、高师女生黔人彭凌霄，受南洋教育界之聘，遂偕同来视，嘱为沿途照料。我入少中，是否即在此时，抑在民国八年，时经半个世纪，雪泥鸿爪，往迹模糊，

1　张尚龄（1873—1932），字梦锡，光绪八年（1902）举人，辛亥革命后从事工商业。以书法著称。

已无法详细说明。但稍可告慰者，在台尚有汤元吉[1]、沈君怡[2]、刘泗英[3]、陈启天[4]诸子。汤君于弟，关爱备至，有如手足，虽在重洋，从未少间。大函转示各点，诚所谓今之古人也，深恐无以为报耳。现方删订来台后旧作，重付梨枣，行年八八，衰髦益甚，此愿一了，无所留恋矣。承注至感。敬颂

著安

弟朱镜宙叩上，七月廿二日（1976）

3

贤次先生道席：

承示拙作《英属马来半岛》日本国会图书馆及天理大学均有藏本，《民国政制改造论》日本京都大学人文科学图书馆亦有藏本。空谷足音，令人喜出望外。

先生所赐多矣。弟卧病三年，与各方联系恒缺，如先生有熟人可托，请其代摄寄回，费用照付。否则，且待汤先生回国后，再行设法可也。此二书，

---

1 汤元吉（1904—？），江苏南通人。毕业于国立同济大学，1923 年赴德国留学。回国后受聘于中央研究院化学研究所。抗战胜利后，赴台湾参与工业部门接收工作。

2 沈君怡（1901—1980），原名沈景清，改名沈怡，字君怡。浙江嘉兴人。五四运动后加入少年中国学会。毕业于上海同济医工专门学校，后赴德国留学。1925 年回交通部工作。抗战胜利后，任大连市长、南京市长等。

3 刘泗英（1895—1995），号怀圆，四川南川（今重庆南川区）人。日本东京法政大学毕业。历任上海《救国日报》编辑、成都西南公学校长等，加入中国青年党。北伐成功后，曾任四川省参议员。抗战胜利后，任中国青年党中央党务委员及秘书长。

4 陈启天 (1893-1984)，湖北黄陂人。1921 年考入南京高等师范学校，参加少年中国学会。曾与曾琦等合创办《醒狮周报》。1925 年加入中国青年党，历任四川大学教授、上海知行学院院长等。1949 年去台湾。

为时仅数十年，国内公私图书馆，均无存本，而须向国外摄回，言之可耻。上年刘泗英君来书，言其世兄在美国某大学图书馆发现少年中国学会规约等全部文件。我们这一代，事事落人后，连图书馆亦不例外，欲受人尊敬，其安可得？

《英属马来半岛》，初版名“英属南洋”，二十一年再版，始易今名。即今马来西亚与新嘉坡二国是。《民国政制改造论》，民国七年作于广州。时南北和平统一呼声甚高，但对于统一条件，主张颇不一致，甚有南方应保存相当实力，以为对抗地，此无异暂时休战，循环报复，祸乱将无已时，和平统一云乎哉？乃写此论，略抒所见，以为应从政制改造入手。不料引起东瀛学人之注意，而国人仍在懵懂中也。在广州时约一年，目击海军总司令程璧光[1]，狙击而死，深恶军阀争权，不择手段，南北同属一丘之貉，遂受《新嘉坡日报》之聘，并再版此书，作为临别赠言。此系六十年前事，回首前尘，恍如一梦。承注拉杂以闻。敬颂

著安

弟朱镜宙叩上，七月廿六日（1976）

另有友人送我桃肉数罐，一时不虞匮乏，将来如有所需，容再奉告。盛情至感。

4

贤次先生大鉴：

少中史料，于上月专函新店刘泗英君，兹已得复转嘱其世兄在美国图书馆搜印等语。惟迄今月余，未有消息，拟请就近与刘君联系，或易得一结论。将来全部史料，搜集完毕，为一有系统之撰述外，如能将各人携以二三百字

1　程璧光（1861–1918），广东香山（今中山）人。曾参加甲午战争。民国成立后，一度任北洋政府下之海军总长。因支持支持护法运动，于广州被暗杀。

之小传，更为完美。因少中会员，对于国家社会，皆有或多或少之贡献。附刘君明片，敬祈赐阅。顺颂

近安

弟朱镜宙叩上，九月十六日（1976）

5

贤次先生大鉴：

手书及拙作影片，均于本晨同时收到，适印刷厂经理也在座，当以影片相示，据答，因片底不清，只好排印，拟俟将已付去拙作陆续出版，即印此书也。陶英惠[1]、王德毅[2]二先生，请代致谢。影费折合台币若干，亦望示知，以便归垫。

时经半个世纪，而为本书题字作序之人，皆已墓木久拱，佛言无常，不禁感慨系之。承示汤先生两个月后回国，届时《梦痕记》与《佛法论著五种》均可出版，《文录》亦望此时能就，汤先生闻之，亦当为之欣慰也。先生对弟帮助太厚，不知何以为报耳。敬颂

公安

弟朱镜宙叩上，九月二十三日（1976）

附奉拙照一帧，系病中所摄。请惠存纪念。

---

1 陶英惠（1933— ），山东陵县（今德州陵城区）人。1959 年毕业于台湾大学历史系，1964 年入台北“中央研究院”近代史研究所工作。著《中研院六院长》《蔡元培年谱》等。

2 王德毅（1934- ），国立台湾大学历史系教授。著《王国维年谱》等。

6

贤次先生大鉴：

廿七日大教奉悉，所言日前寄一抽印本，是否指《民国政制改造论》而言？如然，则早已收到，并奉复在案，不知何以未曾收到？念甚！

承寄《狮》刊，弟致曾君函，不但原稿无存，且《狮》刊亦已忘之。先生对于拙作，处处留神，真是难得之至。当加跋语，收入《咏莪堂文录》中，愿我世世子孙，当珍视此宝贵友谊也。

《改造论》序文，曾写了一小段，因病搁笔。近已小痊，惟精力大不如前，急望全部文稿，能早日圆满，但印刷厂牛步化，我急人不急，无可如何也。倘先生有可付托之印刷厂，则改造论当另觅印商也。复颂

道安

弟朱镜宙叩上，十月廿八日（1976）

7

贤次先生：

66.3.21 大函奉悉。

1. 涂用舆系暨南大学毕业，暨大专为侨校培育师资，涂为第一任新嘉坡华侨中学校长，新嘉坡之有中学自此始。而今之南洋大学是否为该中学之扩充，不敢臆断。

2. 梁绍文[1]在新嘉坡无所事事，以排演新剧消遣，今得大函始知为中华大学募捐也。

3. 邮呈《文录》二册、《改造论》四册，乞察收。如再有所需，请示知。

1　梁绍文，民国时曾任中国驻缅甸腊戍领事，著《南洋旅行漫记》。

承允撰一代序，不胜荣幸之至。先此致谢。前寄序文略有点正，乞转交沈先生[1]指正。敬颂

大安

弟朱镜宙叩上，三月廿二日（1977）

自序

本书初版，名“英属南洋”。南洋为吾国数百万侨民拓荒生息之所，而国内却无一部有系统之专著，筚路蓝缕，当自此编始。因是引起二位大人先生之注意，当我抵达北京时，承李石曾先生折柬相邀，谈侨情甚详。并为绍介吴稚晖先生，我之得识二先生自此始。一为徐东海大总统，蒙以电话召见，垂问移时，并颁三千元为赠，嗣以“南洋”二字过于广泛，于民国二十一年再版时，正名为“英属马来半岛”。今则且已脱离英人之羁绊，而成为马来西亚与新嘉坡二国矣。

本书在国内，久已绝版，承秦君贤次，从日本天理大学图书馆，复制以归，始得与国人重见，爰略述其颠末如是。

中华民国六十六年三月雁荡老人乐清朱镜宙序于台中，时年八十有九。

8

贤次先生左右：

承寄六十年前法校名册二纸，披阅之下，引起弟无限辛酸与感慨。弟少寒素，连小学无法卒业，但为环境所迫，不得不冒险奋斗。宣统二年浙杭高

1 指沈云龙（1909—1987），字耘龙，江苏东台人，日本新闻学院毕业，后去台湾。长期从事中国近代史研究。

等警校招生，年纳学膳费四十元，限高小毕业及廪增附资格方得投考，毕业后奖励举人出身，派充各县警官。弟则两种资格都无，不得已冒用已故族侄附生朱衣德之名投考。考题是“总统制与内阁制之优劣”，试想一个乡下平时连报纸都没看过的人对这样一个专门性的试题，简直无法下笔，大约因我是县劝学所保送的关系，列入备取，后来备取补上，始得入学。估计每年往返川路费至少也须二十元，在我当时的处境，是无法负担的数字。后来由宗祠决议，学费四十元代为负担，路费廿元要我自筹。他们明知我无法自筹，落得做一好人。我记得第一次去杭投考时，筹得川费十七元（亲友送路费在内），我还给父亲二元，拿一把雨伞，一只小布袋，父亲有点不放心，请人送我到海门（台州府属），第一天走了一百廿里，越过四条山岭。第二天风雨交加，无法步行，始搭船到海门。当夜下海船，因语言不通，川费有限，三日三夜，滴水勺米不敢入口。直到宁波，始在饭摊吃两碗饭，大约因一饿一饱关系，到杭吐血，因我少时看过医书，买一元高丽参，服后血止，后来我稍能自立，而父母已前卒，每数日必梦父母艰苦之状，大哭不止。醒时泪痕满枕，我述至此，犹泪流不止，先生阅此，或亦为之叹息不已也。顺颂

著安

弟宙叩上，五月六日（1977）

警校读了一年半，浙江光复，警校归并法政专门学校，我则半工半读，始得毕业。我之入报馆，自己办报皆自民国元年以后事，殆亦皇天不负苦心人吧！

后来教育部以警校学生须补习几门功课方能承认。先生此等材料由何而得，真不愧有心人也。

弟宙又及

9

贤次先生道右：

民国二年，钮惕生先生[1]发起学生军于上海，那时年轻，性喜冲动，亦在杭州发起学生军，不料消息宣布之后，报名者达三千余人，遂急去见浙江都督汤寿潜先生[2]，请其派人点收，当蒙面允，收拾这一尴尬场面。回忆当年，实觉好笑。此事与沈定一[3]无关。并以奉闻。顺颂

近安

弟朱镜宙叩上，七月七日（1977）

10

贤次先生左右：

弟于民国八年《英属马来》一书出版后，再度考察南洋各埠，其时中国银行界以南洋经济调查之名，曾有数篇专论，寄上海《时事新报》专载发表，

1　指钮永建（1870—1965），字惕生，又字孝直，号天行，别署铁生，上海人。曾留学日本，加入同盟会。辛亥革命时任松江军政府都督，后任南京临时政府参谋部次长、广州大元帅府参谋次长。1927 年后，历任江苏省政府主席、国民政府内政部部长、考试院副院长等职。后去台湾。

2　汤寿潜（1856—1917），原名震，字蛰先，浙江萧山（今杭州萧山区）人。晚清立宪派的领袖人物。辛亥革命后，被推举为浙江军政府都督。

3　沈定一（1883—1928），又名沈崇焕，字叔言，号玄庐，浙江萧山（今杭州萧山区）人。曾赴日留学，在东京加入同盟会。辛亥革命时，在沪创立“中华民国学生团”，自任团长。1912 年 1 月，当选浙江省议会议员。1920 年与陈独秀、李达在沪组建上海共产主义小组。四一二反革命政变后，历任国民党中央农民运动委员会委员、国民党浙江省党部改组委员兼秘书长等。

未曾留稿，时隔六十年，已无从记忆。当时南游目的地在荷属爪哇，即今之印尼是。惟抵星埠未久，中行电邀回国，改任福建中国银行襄理，此为弟习银行业之始。民国十五年，转任总司令部军需处副处长，曾随侍蒋委员长（那时称总司令）从军北伐，军事统一，上海改为特别市，成立市银行，弟曾充经理。后被中央任为甘肃省政府委员兼财政厅长。此为余从政之始。其后迭任税务局长等职，然一生拙于自谋，虽频年经历财金而无储蓄，九十衰年，托迹佛寺，非僧非俗，感慨万千。今因先生转述诸善友好意，故略述其颠末如是。老友靳委员鹤声[1]，曾来函索弟著述，拟予重印，以为九十纪念，昨日业已挂号寄去。靳君国大代表，通信地址：台北市内湖区内湖路二段一七九巷二二四弄七号，电话七九一八六六二号，敬便奉闻。

兹检得《文录续编》一册，挂号寄上，乞察收，并希与靳委员联络，将此册加入，免致遗漏。元吉老兄，远在美国，不忘故旧，至为可感，乞为道谢。少中同人，存者寥寥，皆成遗老，印书经费，由靳君主持，当可完成，不必再向少中旧友求助也。

《英属马来半岛》一书，拟以文海为底版，弟早知此书不如文学类书之吸引读者，曾向文海拟购千余元，请其代寄各图书馆，现在如再印，当以百部为限，《梦痕记》《佛学五种》等亦以百部为止，不拟订售。至于八十印书之事，说来可笑，当时卧病台中菩提医院，托印书商，可说是世交，不俟印好送来，即陆续付给印费，不料费清而书不全交，屡催不理，商人寡信，重利轻义如此，只好一笑置之。弟与先生素昧生平，而能热心如是，诚肝胆中人也，敬感之心，无时或已。顺颂

道安

弟朱镜宙叩上，二月廿四日（1978）

1 靳鹤声，山东荷泽人。历任制宪国民大会代表、民国国民参政会第二届会员、第三届国民参议会参议员等。